A Grammar of Stories

当 代 世 界 学 术 名 著

故事的语法

[美] 杰拉德·普林斯（Gerald Prince）／著

徐　强／译

中国人民大学出版社
·北京·

"当代世界学术名著"
出版说明

  中华民族历来有海纳百川的宽阔胸怀，她在创造灿烂文明的同时，不断吸纳整个人类文明的精华，滋养、壮大和发展自己。当前，全球化使得人类文明之间的相互交流和影响进一步加强，互动效应更为明显。以世界眼光和开放的视野，引介世界各国的优秀哲学社会科学的前沿成果，服务于我国的社会主义现代化建设，服务于我国的科教兴国战略，是新中国出版工作的优良传统，也是当代中国出版工作者的重要使命。

  中国人民大学出版社历来注重对国外哲学社会科学成果的译介工作，所出版的"经济科学译丛"、"工商管理经典译丛"等系列译丛受到社会的广泛欢迎。这些译丛侧重于西方经典性教材；同时，我们又推出了这套"当代世界学术名著"系列，旨在迻译国外当代学术名著。所谓"当代"，一般指近几十年发表的著作；所谓"名著"，是指这些著作在相关领域产生了巨大影响并被各类文献反复引用，成为研究者的必读著作。我们希望经过不断的筛选和积累，这套丛书能够成为当代的"汉译世界学术名著丛书"，成为读书人的精神殿堂。

  由于本套丛书所选著作距今时日较短，未经历史的充分淘洗，加之判断标准见仁见智，以及选择视野的局限，这项工作肯定难以尽如人意。我们期待着海内外学界积极参与推荐，并对我们的工作提出宝贵的意见和建议。我们深信，经过学界同仁和出版工作者的共同努力，这套丛书必将日臻完善。

中国人民大学出版社

目 录

为故事立法——《故事的语法》译序/徐强 ………………………… 1
前 言 ………………………………………………………………… 1
导 论 ………………………………………………………………… 3
第一章 最小故事 …………………………………………………… 11
第二章 核心简单故事 ……………………………………………… 33
第三章 简单故事 …………………………………………………… 51
第四章 复杂故事 …………………………………………………… 66
附 录 ………………………………………………………………… 79
结 论 ………………………………………………………………… 93
参考文献 ……………………………………………………………… 94
索 引 ………………………………………………………………… 104
中译本附录：普林斯叙事理论近作三篇 …………………………… 108
    关于叙事之本质的四十一问 …………………………………… 108
    叙事资格、叙事特质、叙事性、可叙述性 …………………… 111
    "经典叙事学"和/或"后经典叙事学" ……………………… 122
译后记 ………………………………………………………………… 132

为故事立法

——《故事的语法》译序

徐 强

一

随着杰拉德·约瑟夫·普林斯（Gerald Joseph Prince）的几种著作陆续被译介到中国，这个三十年来活跃于国际学坛的名字正日益为中国叙事学界所熟知。本书是译者继《叙事学：叙事的形式与功能》之后译出的又一部普氏著作。在《叙事学：叙事的形式与功能》一书的译后记中，我曾对普林斯其人、其学作过简要评述，兹撮录如下，俾未睹前书的读者略窥一斑：

普林斯是美国宾夕法尼亚大学罗曼语系终身教授，国际知名的叙事理论家、法语文学学者。他从20世纪60年代起就投身叙事学研究，至今仍活跃于国际学界，堪称这一学科从结构主义时代到后经典叙事学时代这一全部历程的见证者与参与者。普林斯著述甚丰，除300余篇重要论文外，先后以法语、英语出版的叙事学与小说研究著作有：《形而上学与萨特小说的技巧》（1965）、《故事的语法》（1973）、《叙事学：叙事的形式与功能》（1982）、《叙述学词典》（1987）、《作为主题的叙事：法语小说研究》（1992）、《法语小说指南（1901—1950)》(2012) 等。此外，他还分别为几大出版社合作编辑了"Parallax"与"Stages"两套丛书。他还是《叙事》(*Narrative*)、《文体》(*Style*)、《变音》(*Diacritics*)、《法语论坛》(*French Review*) 等十数家知名学术期刊的编委或顾问。目前仍笔耕不辍，正在撰写《法语小说指南（1951—2000)》。

普林斯是叙事学史上承前启后的一代学者。莫妮卡·弗卢德尼克称"在热奈特所标志的高潮之后，普林斯与斯坦泽尔、米克·巴尔、西摩·查特曼、苏珊·兰瑟一起成为叙事学的几个小高潮之一"，并把他作为继热奈特和斯坦泽尔经典叙事学阶段影响最大的三个学者之一予以重点讨论（另两个是米克·巴尔和西摩·查特曼）。[①]

作为过渡的一代之杰出代表，普林斯的特点在于：萌生于70年代初、正处于辉煌期的结构主义叙事学堡垒内部，承罗兰·巴尔特、布雷蒙、托多罗夫、热奈特等思维方法之余绪，进一步开拓和完善叙事学理论框架；既在总结以往成就、规范学科理论方面做了扎实努力，又不断地、创造性地开辟新境，在丰富学科内涵方面做出卓越贡献；在后经典叙事学转向后，仍密切跟踪形势，不断提出富有时代特色的问题和命题，成为叙事理论界的"常青树"。

1973年面世的《故事的语法》(*A Grammar of Stories*) 英文版只有薄薄的110页，是普林斯的成名作。它提出的一套严密的故事语法，后来被浓缩为1982年出版的《叙事学：叙事的形式与功能》中的第三章，英文版只有更薄的20来页。我在译《叙事学：叙事的形式与功能》时，靠着研读《故事的语法》，才算勉力完成那一章的翻译。考虑到《叙事学：叙事的形式与功能》的读者恐怕难以理解满是符号阵的第三章，遂萌生将《故事的语法》完整译介过来的念头。当然，它的独立的学术价值和学术史意义，完全符合我的"名作拾遗"之遴选标准，才是

---

① [美] 莫妮卡·弗卢德尼克：《叙事理论的历史Ⅱ：从结构主义到现在》，见詹姆斯·费伦、彼得·拉比诺维茨主编：《当代叙事理论指南》，申丹等译，北京，北京大学出版社，2007。

它最终进入我的整个"经典迻译计划"清单的根本原因。

2011年10月20日，借普林斯教授来华参加第三届叙事学国际会议之机，我持已完成的《故事的语法》和《叙事学：叙事的形式与功能》两部译稿去拜访他。我指着本书的莫顿公司英文原版书告诉普林斯先生，这本书和我本人同龄，然后问他："这是您的成名作。时隔40年，回头看这本书，您怎么评价它？"

普林斯毫不犹豫地脱口而出："我非常喜欢它！……"

这一反应大大出乎我的意料，甚至使我激动不已。我原以为普林斯也会有中国文人常见的悔其少作的心理，因为这么多年来学术思潮风云变幻，他的这本"少作"所充溢的过于强烈的逻辑色彩，似乎早已经不那么时髦，而他本人的学术风格和方向也迭经转变。我在工作过程中一直和普林斯先生本人有书信交流，但他始终就事论事地谈论具体问题，从未流露过什么感情。现在居然得到他这样的激情回应，这无疑大大鼓舞了我把本书译好的决心和信心。

二

本书名为《故事的语法》，顾名思义，仍是语言学模式在故事研究中的运用；而这也正是现代叙事学的根深蒂固的传统。和此前关于故事的其他结构主义研究一样，本书明显沿袭了语言学的思维传统。

20世纪，语言学成为人文社会科学的一门领先学科。由索绪尔（Ferdiand De Sausure）开创，中经雅各布森（Roman Jakobson）、叶姆斯列夫（L. Hjelmslev）、本维尼斯特（Emile Benveniste）、布龙菲尔德（Leonard Bloomfield）等发扬光大的结构主义语言学，是语言学史上继历史比较语言学之后的一块巨大的里程碑，也被称为语言学史上的第二大阶段。在这个阶段，语言学思想模式辐射到人文社会科学的各个领域，成为影响广泛的世界思潮。正是在这一思潮中产生了叙事学（Narratology）这一极富现代意义的学科。

故事的语法

　　现代语言学的基本观念、思维方式与具体理论成果，都深刻影响了结构主义学者们在神话学、人类学、文学理论等诸多领域里的具体工作。弗雷德里克·詹姆逊（F. R. Jameson）对此曾感慨："以语言为模式！按语言学的逻辑把一切从头再思考一遍，奇怪的是过去竟不曾有人想到这样做。因为在构成意识和社会生活的所有因素中，语言显然在本体意义上享有某种无与伦比的优先地位。"①

　　叙事学与语言学的关系同样难分难解。且不说"话语"（discourse）领域的研究②，仅就"故事"（story）领域的研究而言，也始终充溢着浓郁的语言学思维趣味。早在苏联形式主义时期，普罗普（Vladimir Propp）就在《故事形态学》（1928）中把"功能"作为所有童话故事普遍叙述结构的单位，本质上是把童话看成体现组合关系（syntagmatic）的水平结构的叙述模式，而不是抒情诗式的体现聚合关系（paradigmatic）的垂直结构。这与索绪尔的结构主义语言学思想如出一辙。正是在这个意义上，特伦斯·霍克斯（Terence Hawkcs）指出："如果'功能'就是指'根据人物在情节过程中的意义而规定的人物的行为'，那么普罗普显然是真正的结构主义者。"③ 同样并非偶然的是，普罗普也确曾把自己的这部成名作同"语法"联系起来过——他说"它接近于一本语法教科书或和声学的教科书"④。

　　法国学者布雷蒙（C. Bremond）一方面继承了普罗普开创的功能分

---

　　① ［美］弗雷德里克·詹姆逊：《语言的牢笼：马克思主义与形式》，钱佼汝、李自修译，2页，南昌，百花洲文艺出版社，1997。

　　② 按照查特曼的界定，故事（story）侧重于"内容的形式"和"内容的质料"，话语（discourse）侧重指"表达的形式"和"表达的质料"。以此反观，结构主义叙事学可以粗略分为侧重故事研究和侧重话语研究两大类。其中侧重于话语的一方，十分明显地承袭了语言学模式。如罗兰·巴尔特的《叙事作品结构分析导论》（1966）。罗兰·巴尔特指出："话语中的任何因素都可以在句子里找到……不过显而易见，话语本身（作为句子整体）是有组织的，而且话语经过这样组织显然是高于语言学家语言的另一种语言的信息。话语有自己的单位、规则和'语法'。"他还指出："叙事作品是一个大句子，正如任何语句从某种意义上说都是一个小叙事作品的雏形一样。"见张寅德编选：《叙述学研究》，5～6页，北京，中国社会科学出版社，1989。

　　③ ［英］特伦斯·霍克斯：《结构主义和符号学》，67页，瞿铁鹏译，上海，上海译文出版社，1987。

　　④ ［苏］普罗普：《故事形态学》，8页，贾放译，北京，中华书局，2006。

析的模式,另一方面又反对其单链分析方法,在发表于1966年的《叙事可能之逻辑》中致力于揭示普遍存在于叙述中的"可能逻辑之组合序列",亦即以纵向聚合关系为基础揭示叙述逻辑。他把叙述划分为"潜在可能"、"实施"和"结局"三个阶段,每一阶段都布列着两种可能。虽然没有标举"语法"旗帜,但综观可以看出他对于"叙述语法"的浓厚趣味:"逻辑应当优先于符号学。逻辑确实是叙述的普遍语言,我们必须把它放到叙述分析的首位。"①

1969年,托多罗夫在《〈十日谈〉的语法》(1969)一文中,则明确从"语法"角度提出自己的结构模式。他几乎是率先堂而皇之地将"语法"(grammaire)范畴悬为故事研究的"目标形式"。他坚定地认为:"不仅一切语言,而且一切指示系统都具有同一种语法。这语法之所以带有普遍性,不仅因为它决定着世上一切语言,而且因为它和世界本身的结构是相同的。"② 托多罗夫对普罗普的功能分类理论加以重铸,提炼出叙述的三大范畴:语义方面、句法方面、语词方面。他本人的着力点在于"句法"一端。他把构成陈述和序列的单位视作各种词类,如人物是名词,人物的特征是形容词,其行为则是动词;而陈述和序列本身是构成整个叙述作品的"句子"和"段落"。通过对《十日谈》故事的分析,他对陈述和序列这两个单位进行了深入揭示。

几乎与此同时,格雷马斯(Algirdas Julien Greimas)在最迟发表于1969年的《叙述语法的成分》一文中也明确提出叙述的"语法"。格雷马斯对叙述学的主要贡献,或者说他关注的重心,则是在"语义"方面。他深刻阐释了索绪尔语言学的二元对立观念,认为人关于"意义"的基本概念是由人所感觉到的"语义素"之间的对立呈现出来的一个实体A及其对立面负A、否定面B、B的对立面负B这四者构成的基本语

---

① 《叙述的逻辑》,转引自[荷]佛克马:《法国的结构主义》,冯汉津译,见《美学文艺学方法论续集》,271页,北京,文化艺术出版社,1987。《叙述的逻辑》(Logique du recit)是布雷蒙出版于1973年的论文集,冯汉津先生译为《小说的逻辑》,今按通译法改。

② [法]茨维坦·托多罗夫:《〈十日谈〉的语法》,转引自[英]特伦斯·霍克斯:《结构主义和符号学》,97页,瞿铁鹏译,上海,上海译文出版社,1987。

义矩阵，具有坚实而强大的构成力，它最终铸就了我们的语言要素、句法和经验。诸对立面形成深隐的"行动素模式"（modèle actantiel），单一故事的表层结构即自此模式中派生出来。从意义布列关系来说，这一模式纵横兼具，可谓对普罗普与布雷蒙的综合。

这仅是叙述结构研究中与"语法"意义有较大相关性的几家，或者说，是普林斯《故事的语法》中牵涉较多的几家。事实上，普林斯的视野十分广泛。在《故事的语法》的导论中，普林斯胪举诸多前贤，除上述几家外，还有：尤吉纳·多夫曼（Eugene Dorfman）、阿兰·邓迪斯（Alan Dundes）、艾里·K 康佳斯（Elli K. Köngäs）、皮埃尔·马兰达（Pierre Maranda）、克劳德·列维-斯特劳斯（Claude Levi-Strauss），维克多·埃里奇（Victor Erlich）《俄国形式主义的历史》和茨维坦·托多罗夫《文学理论》中涉及的俄国形式主义诸家，米歇尔·阿里夫《文学文体学与文学符号学》、让·皮塔德所涉及的故事研究形式化的种种努力，米歇尔·艾瑞弗（Michel Arrivé）《作为文学文本语言描述的假设》、威廉·O 亨德里克斯（William O. Hendricks）《语言学与文学文本的结构分析》和《论"超越句子"概念》中提及的关于文本研究形式化的种种努力等。普林斯的工作是在这些前辈学者基础上的继续，诸家的努力成果，都曾为普林斯所检阅、批判和汲取。例如，关于最小故事中"第三事件是第一事件的逆转"，就继承了普洛普、邓迪斯和托多罗夫的"状态取代"、"平衡态转换"或"逆转"的观念；关于简单故事的组合模式，就汲取了布雷蒙和托多罗夫的情节组合分类方式。

应该说，对普林斯来说，结构主义的经典理论积淀不仅是丰厚的学术资源，更是"语言学模式"这一方法论基础意义上的学术衣钵。普林斯的工作是对结构主义前辈学者的理论在批判基础上的发展。他在本书中说："迄今为止的各种语法都还不够精确，或者不够彻底，或者既不够精确又不够彻底。"

在本书中，"语法"的观念更为明晰而坚定，逻辑推演及其所运用的符号体系更加切近语言学界的语法研究新理论，对"故事"的剖析更加形式化、普遍化，因而更贴近"语法"的本质，也似乎更当得起"语法"这一名称。更重要的是，语言学本身的发展使他找到了崭新的理论资源。

三

普林斯在本书中遵循的是转换—生成语法。

20世纪50年代以后，随着数理逻辑、信息科学、计算机技术等的发展，一场新的革命使语言学进入第三个历史时期——转换—生成语言学时期，其思想成果也蔓延到数学、社会学、哲学、心理学、神经生理学和计算机科学的广阔领域中。这场革命的发起人是美国语言学家乔姆斯基（Noam Chomsky）。他在1957年出版的《句法结构》一书，是结构生成语法的初创和标志性著作，代表着乔姆斯基理论的"古典理论"。其后乔姆斯基不断发展这一理论，经历了数个时期。1962年出版《句法理论的若干问题》，开启了"标准理论"时期；20世纪70到90年代发表一系列论著，被称为"扩展的标准理论"时期、"管辖和约束理论"时期、"最简方案"时期。

在普林斯撰写本书的20世纪70年代初期，转换—生成语法方兴未艾。普林斯所依据的主要是古典理论——《句法结构》所代表的乔姆斯基早期语法理论。这一时期的转换—生成语法理论要义有：

（1）认为语言的本质属性是"生成"，亦即语言学习是人类的一种内在机能，这种由遗传得来的"语言习得机制"是生成语言的生理基础。这与结构主义语言学观点不同，后者认为语言学习是在经验基础上通过模仿形成的习惯。

（2）区分"语言能力"和"语言行为"。语言能力指说者与听者对于自己的语言的潜在知识。语言行为只是这种能力的运用。结构主义研究的对象是语言行为（尤其是其形式方面），转换—生成语法则力图说明人类内在的语言能力。

（3）提出"好的语法"的标准。一是"观察的充分性"，即一部好的语法能够说明该语言中所有合格的句子；二是"描写的充分性"，即一条好的语法规则应该能够正确地描写该种语言操持者的心理直观。他给语法下的著名定义是："L 语的语法就是生成符合 L 语语法序列而不生成不符合它的语法序列的一种手段。"①

（4）提出语言有"深层结构"和"表层结构"及其"转换"。乔姆斯基认为如果一种语法描绘的句子模式不同而意义一样，或者模式相同而意义不同，这就不符合描写的充分性。任何一个句子都有深层结构和表层结构，一个深层结构有可能对应于不同的表层结构，如："Yesterday it snowed."与"It snowed yesterday."同一个表层结构也可能对应于不同的深层结构，如："Hezekiah is anxious to help."与"Hezekiah is difficult to help."②深层结构通过一连串的转换，也就生成了表层结构。

（5）转换—生成语言学主张用演绎法导出语言的模式，再以事实进行检验。这与以往语言学主要用归纳法和比较法不同。乔姆斯基在 1965 年出版的《句法理论的若干问题》一书中，表达了对传统语法过于依赖归纳法的不满："尽管传统语法明显地有价值，但它也有缺陷，即它没有说明语言中与它有关的许多基本规律。这一事实在句法层面上看得特别清楚，传统语法或结构语法只达到对具体例子归纳分类的地步，并没有达到在任何有意义的程度上对生成规则加以系统而确切的说明的阶段。"③

下面这张表格，简明而全面地列出了两者的主要区别。

---

① ［美］诺姆·乔姆斯基：《句法结构》，6 页，邢公畹、庞炳钧、黄长著、林书武译，北京，中国社会科学出版社，1979。

② 用例采自［美］J·艾奇逊：《现代语言学导论》，111～112 页，方文惠、郭谷兮译，福州，福建人民出版社，1986。

③ ［美］诺姆·乔姆斯基：《句法理论的若干问题》，3 页，黄长著、林书武、沈家煊译，北京，中国社会科学出版社，1986。

结构主义语言学	转换—生成语言学
经验的（empirical）	理性的（rational）
归纳的（inductive）	演绎的（deductive）
描写的（descriptive）	解释的（explanatory）
行为的（performance）	能力的（competence）
线性的（linear）	转换的（transformational）
静态的（static）	动态的（dynamic）
特别的（differences）	普遍的（universal）

资料来源：转引自陈明远：《语言学和现代科学》，132 页，成都，四川人民出版社，1984。该书注称系据赵世开提供的材料。

普林斯在故事领域内平移了转换—生成语法理论，因为这一新兴的语言学理论使他看到故事和语言之间很大程度上的相似性。书中隐含的一些观念和方法，都是区别于结构主义经典叙事理论的。

第一，普林斯认为，人的故事能力是一种心理禀赋，对于什么是故事、什么不是故事，人有着天然直觉；同时它又是一种社会共识，对于哪些被认可为故事，哪些不被认可为故事，在特定社会内存在着全民共同直觉。就像乔姆斯基用与"合语法性"（grammaticalness）相区别的"可接受性"（acceptability）概念来指称句子的"完全自然的、不用进行书面分析就能马上理解"这一属性一样，普林斯用"被认可"（recognized）这一定语来修饰"可能的故事"。本书开篇就提出：

> 可能不是任何人都知道如何讲一个好的故事，但历史上和人类学上所知的任何人类社会都知道如何讲故事，而且从很早之前就是如此。……不同文化背景的人经常会认同同样的某一系列因素是故事，而认为另外一些不是故事，并且他们经常以同样的方式讲述相似的故事。俄罗斯和北美印第安人的民间故事似乎有着很多共同要素。因此，看上去似乎至少在一定程度上，每个人都有关于故事之本质的相同的直觉——或者说相同的内心规则。

这正是可以在故事领域内运用转换—生成语法的基础。

第二，故事有其普遍语法，千差万别的故事是在少数"基型"的基础上，借由普遍语法生成的。

第三，普林斯指出了一部好的故事语法的标准，那就是：

故事的语法

（1）语法应当精确。它应当"通过运用一套特定的规则指示出一个故事如何被生产出来，并为这一故事派定一种结构化描述，而留给语法运用者以最小的阐释空间"。

（2）语法还应当是彻底的，并能够解释所有可能的故事，且仅仅解释可能的故事。

（3）语法应该能够廓清"某些人认为是故事而另一些人却认为不是故事"的那些因素和那些被广泛接受为故事的因素之间的异同，还要能够具体阐明其合乎语法的程度。

第四，普林斯提出一套故事转换的规则，并具体演示了基本的转换过程。规则包括两套，一套是有限的改写规则，它将某种深层结构分派给任何核心简单故事，另一套是有限的转换（单一转换和综合转换）规则，用以说明非核心简单故事。在《叙事学：叙事的形式与功能》中因压缩篇幅导致读者难以领会的复杂过程，在这里可以较为细致地被还原。普林斯承认这套规则并非完美无缺，但其对于深化人们对叙事结构的认识之意义是深远的。

第五，普林斯严格运用了演绎法。这一方法论特征意义显著，值得单独展开讨论。

四

英国语言学家弗·帕默（Frank Palmer）在评述乔姆斯基理论时，指出了生成语法与传统语法及结构主义语法学的两个主要区别，顺便指出了演绎法的优点：

首先，生成语法关心的不是语言里实际有的全部句子，而是可能有的全部句子。所以我们关心的不仅仅是，甚至主要不是已经出现的任何观察到的句子，而应该是那些可能出现或者本来可能出现的句子。这一点的重要性在于以前某些语言学家曾经断言，只要他们打算采用科学的或者经验主义的方法，就必须把注意力放在

"素材"上,所谓"素材"也就是一堆材料。……从理论上说,凡是素材里有的一切东西都必须作出说明,凡是素材里没有的东西都可以而且应当不管。这很难说是描写一种语言。这最多也只能说是描写那种语言里偶然地和任意地选择的一堆话语。因此各种重要的特征很可能被遗漏了;甚至一个星期七天的名称都不全。……

其次,如果说一种语法是生成的,就是说它是明确的;也就是说,它明确地指示哪些是某种语言可能有的句子。按照这种语法的规则或者规定就能生成所有的句子,但是要做到这一点,除非这些规则或者规定是完完全全明确的,什么也不遗漏,不碰机会,特别是不依靠读者的智力或他/她对语言的知识或者他/她对语言通常活动的方式的了解。……凡是从一堆材料里去寻求模式的语法往往不可能做到十分明确,即使它也允许一定程度的推定。因为这在很大程度上要让读者去认识这些模式有可能扩展成的别的形式,而这种情形就要利用读者的知识,这样就丧失了语法的明确性。传统语法充分证实了这一点。①

其实,从理论目标看,以结构主义语言学为基础的叙事理论同样极力超越具体对象,探索作为话语的文学的各种特性;甚至明确提出意图超越现实的文学,涵盖"可能的文学"。如托多罗夫就指出:"结构主义者的研究对象并不在于文学作品本身。他们所探索的是文学作品这种特殊的话语的各种特性。按照这种观点,任何一部作品都被看成具有普遍意义的抽象结构的体现,而具体作品只是各种可能的体现中的一种而已。从这个意义上讲,结构主义这门科学所关心的不再是现实的文学,而是可能的文学。换言之,它所关心的,是造成文学现象特征——文学性——的抽象性质。"格雷马斯《叙述语法的成分》也提出"这样一个叙述语法,一旦完成,就应该同时具有演绎和分析的形式"。罗兰·巴尔特则热情赞美语言学中的演绎方法,并由此指出叙述结构研究采用同样方法的必要性:

---

① [英]弗·帕默:《语法》,164~165页,赵世开译,上海,上海译文出版社,1982。

故事的语法

　　语言学本身虽然只需要研究大约三千种语言,却还无法做到这一点。它明智地改用演绎法,然而就是从那天起,语言学才真正形成,并且以巨大的步伐向前迈进,甚至能够预见未曾发现的事实。而叙述的分析面临着数以百万计的叙事作品,还能有什么可言呢? <u>叙述的分析注定要采用演绎的方法</u>;它不得不首先假设一个描写模式,然后从这一模式出发,逐渐潜降到与之既有联系又有差距的各种类型:由此具备了统一的描写工具的叙述分析只有在这些联系和差距中才能发现叙事作品的多样性及其历史、地理和文化的差异性。①

可见在方法意识方面,它和转换—生成主义有一致之处。但在具体方法论实践上,从普洛普到托多罗夫,归纳法始终是结构主义叙事学的主流方法。普罗普在晚年所作的《滑稽与笑的问题》中对归纳法推崇备至:

　　所有现有理论(特别是德国人的理论)的首要的和根本的缺点是令人生畏的抽象主义、连篇累牍的抽象议论。……建立在对事实进行认真研究基础上的归纳法,有可能避免抽象性及其后果。抽象性正是19世纪至20世纪初多数美学著作的通病。②

这是经验之谈,也是他对自己一生学术研究方法的"归纳"。反观其成名作《故事形态学》,虽然没有明确标举这一方法论,但显然已经明确地贯彻着这样的原则——全书的研究材料限于阿法纳西耶夫所编的著名故事集——《俄罗斯民间故事集》中的100个故事。同样,托多罗夫《〈十日谈〉的语法》以薄伽丘《十日谈》中的100个故事为分析对象,布雷蒙以《俄狄浦斯王》为解剖标本,格雷马斯以立陶宛民间故事《找"怕"》的33种变体为对象,热奈特以《追忆似水年华》为个案。

---

① [法]罗兰·巴尔特:《叙事作品结构分析导论》,见张寅德编:《叙述学研究》,4页,北京,中国社会科学出版社,1989。着重号为笔者所加。
② [苏]普罗普:《滑稽与笑的问题》,1~3页,杜书瀛等译,沈阳,辽宁教育出版社,1998。

普林斯和诸种经典叙事结构理论的第一个显见区别，在于其材料基础：它不是以既有的叙述作品为材料基础的归纳抽象，而是致力于演绎出适用于"所有可能性故事且仅仅是可能性的故事"的"普遍语法"，这反映了普林斯在故事研究上的雄心壮志，也正是这一点，使普林斯与此前的普罗普、布雷蒙等的故事研究划出一条明确的界限。

出发点和方法论又决定了本书论证结构上的特点：从假设出发，通过同化相关材料、排除无关因素，不断地证明或证伪假设、增加条件限定、不断扩展结论的推阐演绎，可谓丝丝入扣、步步为营。以"最小故事"的定义为例，作者的思路是：

（1）指出故事的成分（事件、连接成分）；
（2）指出最小故事中事件的数目（至少为3）；
（3）指出连接成分的数目（至少为2）；
（4）提出事件之间应有时间关系；
（5）举出时间关系的特例；
（6）提出事件之间的因果关系；
（7）提出时间关系与因果关系的关系；
（8）提出新的要素——第三事件与第一事件之间的"逆转"；
（9）指出状态性与行动性事件的分布。

经过这样剥洋葱一样的层层递进的推论后，一个严密的"最小故事"的定义就水到渠成了：

> 一个最小故事由三个相结合的事件构成。第一个事件和第三个事件是状态性的，第二个事件是行动性的。另外，第三个事件是第一个事件的逆转。最后，三个事件由三个连接成分以下列方式结合起来：（a）第一个事件在时间上先于第二个事件，而第二个事件先于第三个事件；（b）第二个事件导致了第三个事件。

正是因为其对演绎的倚重，普林斯的论证能够始终注目于"以有限数目的精确规则，解释所有，且专用于解释所有被普遍地、直觉地认定的故事"这一宏伟目标，因而能够超越有限的"现存材料"，追索"可能的故事"，从而最终引出与乔姆斯基的"语言能力"概念相匹配的

故事的语法

"叙述能力"(narrative competence) 概念。① 基于这一概念，普林斯在本书中强调"一套故事的语法不但可以深化我们对于故事之本质的理解，而且可以深化我们对于人的理解"，在《叙事学：叙事的形式与功能》中再次总结道：

> 最广泛地说，叙事学赋予我们一种深入既支配符号与意指实践系统，也支配我们对它们的阐释的原则的洞察力。研究所有的可能性叙事，且仅仅是可能性叙事，解释它们的形式与功能，考察我们如何以及为什么能够建构它们、意释它们、扩展它们，或基于情节、叙述者、受述者和人物之类的范畴组织他们，也就是研究这些根本方法中的一种——而且是独属于人类的一种——通过这种方法我们获得意义。一言以蔽之，叙事学可以帮助我们理解何为人类。②

"理解何为人类"无疑是作者从本书起就已确立的一个深远目标。注意到这一点，对于理解本书、理解普林斯的学术精髓，具有十分重要的意义。

可以说，普林斯以纯粹演绎法，实现了罗兰·巴尔特"叙述的分析注定要采用演绎的方法"这一原则，而力求克服的则是特伦斯·霍克斯谈到托多罗夫模式时指出的结构主义叙事学的缺点——"缺点显然在于它的复杂性，这是因为它片面强调具体的行动，而不是普遍的能力，片面强调《十日谈》本身，而不强调产生这些故事的'游戏规则'……"③

---

① 本书中没有明确提出这一概念，但有隐含，如"导论"中提到儿童"讲故事的能力"(ability to tell stories)。作者在 1981 年的论文《阅读与叙述能力》(Reading and Narrative Competence) 一文中正式提出"叙述能力"概念；在 1982 年的《叙事学：叙事的形式与功能》一书中，也用两章的篇幅展开"叙述能力"及与之相关的"叙事性"问题。其后，作者又不断思考和论述过这一概念。

② [美]杰拉德·普林斯：《叙事学：叙事的形式与功能》，159 页，徐强译，北京，中国人民大学出版社，2013。

③ [英]特伦斯·霍克斯：《结构主义和符号学》，100 页，瞿铁鹏译，上海，上海译文出版社，1987。

五

就故事研究的推进而言，本书首先是通过"最小故事"概念的提出和论述，为故事研究做出了增值性贡献。普林斯在本书和后来的《叙事学：叙事的形式与功能》中都指出结构主义故事研究缺乏一个有效的"单位"：

> 普罗普、巴尔特和茨维坦·托多罗夫等学者做了饶富趣味并颇有助益的工作，但其缺点之一就在于缺乏一个精确标准，以判别构成故事的基本单位。普罗普没有详细说明其结构单位（即功能）及其（语言）呈现之间的确切关系。巴尔特给故事的基本要素做出了至多是粗略的界定……另外，他认为严格地在这些单位的意义上描述故事通常是不可能的："如果分析企图是透彻的，那它注定要遇到任何功能（甚至最间接的）都无法解释的符号。"至于茨维坦·托多罗夫，为了建立一套《十日谈》的语法，他从概括薄伽丘的故事开始，以证实他所感觉的就是其情节的主要因素。①

本书的论述起点就是从厘清基本单位——"最小故事"开始的。这在故事研究史上是一个首创。"最小故事"的定义上文已有引述，把它和故事概念史上的其他界定加以对照，可以看出其独到之处。

叙事理论和小说理论中一向有"故事／情节"二分的做法，亚里士多德早就指出，情节是"事件的安排"②。关于俄国形式主义的"本事（fable）／情节（sujet）"二分，托马舍夫斯基（Tomachevski）《主题》（1925）一文认为，"本事就是实际发生过的事情，情节是读者了解这些

---

① 见本书第一章。
② ［古希腊］亚里士多德：《诗学》，见《诗学 诗艺》，21页，罗念生译，北京，人民文学出版社，1962。

事情的方式","本事不仅要求有时间的标志,而且有因果关系的标志"①。福斯特(Forster E. M.)《小说面面观》(*Aspects of The Novel*,1927)为故事和情节下过一个著名的定义:"故事是叙述按时间顺序安排的事情。情节也是叙述事情,不过重点放在因果关系上。'国王死了,后来王后死了',这是一个故事。'国王死了,后来王后由于悲伤也死了',这是一段情节。"②

普林斯和福斯特显然大异其趣。福斯特似乎认为两阶段序列即可构成故事,普林斯则规定至少有三阶段序列;福斯特认为故事只有时间顺序,情节才有因果关系,普林斯则将因果关系规定为最小故事的必要因素。可见普林斯的"最小故事"范畴涵盖了福斯特的故事与情节。他吸收了布雷蒙叙述逻辑、托多罗夫叙述句法的精华而规定的三阶段序列,比福斯特的两阶段论更加合理。相对来说,在组成要素上,"最小故事"和形式主义的"本事"的重合面更大些。但要素的存在方式又显然不同:"本事"中的各个事件不一定密切相连,不一定按照自然时序排列,也不一定有很明显的先后顺序;而"最小故事"中的事件是紧凑的,严格按照自然时序发生的。唯其如此,才能作为故事的基本单位获得"标准"或"标本"的资质。

"最小故事"与西摩·查特曼(Seymour Chatman)《故事与话语》(*Story And Discourse*,1978)中的故事概念也颇为近似。后者提出了影响广泛的"故事/话语"二分模式。两人都运用了叶姆斯列夫语言学观念来界定故事或故事语法的界限。首先看查特曼书中的用法:他借鉴语言学与符号学理论模型,将"表达/内容"这一对平面的对立,与"质料/形式"这一对平面的对立交叉起来,于是离析出四个结构侧面:

---

① [苏]托马舍夫斯基:《主题》,见[法]茨维坦·托多罗夫编:《苏俄形式主义文论选》,239、238页,蔡鸿滨译,北京,中国社会科学出版社,1989年。

② [英]福斯特:《小说面面观》,见《小说美学经典三种》,方土人、罗婉华译,271页,上海,上海文艺出版社,1990。

	表达	内容
质料	能够传达故事的媒介（有些媒介本身即是符号系统）。	对于真实或想象世界中的对象与行为的表现，可以用某种叙事媒介加以模仿，经过作者所处社会规范的过滤。
形式	由任何一种媒介叙事所共有的因素构成的叙事话语（叙事传达之结构）。	叙事的故事成分：事件、实存，及其联结。

其中"表达的质料"、"表达的形式"构成"话语"，"内容的质料"和"内容的形式"则组成"故事"。全书将"形式"层面的研究作为主要任务，而对于其中"故事"部分，分别论述其"事件"和"实存"。普林斯同样先把"表达"范畴排除出去，他在本书和《叙事学：叙事的形式与功能》中指出：

> 无论是故事的表达方面的质料（声音、形象、姿态等）还是形式（如某个特定的英语句子），都不能确定其为"故事"而不是"非故事"。这就是为什么一套故事的语法无须与对故事的表达方面的描述相关。

语法系统，主要关注的也是"内容的形式"方面。但是，纯粹的、完全无涉话语的"故事"只是理论假设，"话语/故事"也并非总是可以区分的。[①] 自动展开的事件，只要被辨识为"故事"，就必然包含了人的（潜在的）认知、选择、安排、讲述等主观过程。《故事的语法》中的故事也不能彻底剔除表达层面的因素，只是没有正面明言。

和乔姆斯基一样，普林斯后来也不断斟酌、扬弃、优化自己的理论。《故事的语法》中的"最小故事"、"核心简单故事"、"简单故事"、"复杂故事"，其区别只是着眼于"内容的形式结构"复杂程度的不同。到《叙事学：叙事的形式与功能》一书，他不再使用这种区分。首先是在语法部分放弃了"故事语法"乃至"故事"概念，改用"叙事语法"、"叙事"概念。因为作者意识到"正如结构成分显示的，尽管所有故事

[①] 参见申丹、王丽亚：《西方叙事学：经典与后经典》，第一章，北京，北京大学出版社，2010。

都是叙事，但并非所有叙事都是故事"①，这就等于承认其语法涵盖的已经不只是"故事"了。其次是在叙事语法论述中另起炉灶，按"结构成分"、"逻辑成分"、"叙述成分"、"表达成分"四种成分展开论述，其中除"结构成分"属于"内容的形式"外，其他三种成分都明显强调了语义方面。这可以看作是对"标准理论"时期的乔姆斯基的一种回应，后者在《句法结构的若干问题》中增加了语义内容。

"最小故事"开启了普林斯对"故事性"的探究，这一兴趣几乎贯穿了普林斯迄今为止的整个学术生涯。本书后面所附的几篇文章，是他进入新世纪后的力作。在《关于叙事之本质的四十一问》（2000）这篇体例特别、全由问题构成的文章中，我们看到下面"不成问题的问题"：

是否所有叙事都是故事？

"国王死了"，这是不是一个故事？

"国王死了，后来王后也死去"，这是不是一个故事（在该术语的通常意义上，而不是在福斯特的意义上）？

什么是最小故事？

这些"在无疑处生疑"式的追问，明显包含着作者对自己早年学术思考的再反思、再探索。在《叙事资格、叙事特质、叙事性、可叙述性》（2008）中，他建设性地开拓了"叙事性"问题，一连串地提出了"叙事资秉"（narrativehood）、"叙事特质"（narrativeness）、"可叙述性"（narratability）等相关概念，将问题推向深入。这些思考的种子，可以说早已植根在了《故事的语法》等早期著作中。

2014 年 3 月 16 日

---

① ［英］杰拉德·普林斯：《叙事学：叙事的形式与功能》，徐强译，166 页，北京，中国人民大学出版社，2013。

前　言

　　在本书中我试图证明，有限数目的精确规则，能够解释所有的，且仅能解释所有被普遍地、直觉地认定为故事的群组。在对这样一种语法的可能性加以研究并指出它的地位之后，第一章通过为"最小故事"下定义，描述了所有被普遍地、直觉地认定为故事的群组的共同特征。第二章建构了一套能够解释某种特殊类别的故事——核心简单故事的语法。第三章和第四章证明，核心简单故事的语法，一旦由其他规则加以完善，就能赋予任何一套被普遍地、直觉地认定的故事以一种结构。附录用该种语法描述了佩罗《小红帽》的结构，更加具体地例证了该种语法的可能性。最后是一篇简短的结语，概括了本书研究的成果。

　　在建构故事语法的过程中，我不得不细察关于故事的很多众所周知的论据，有一些则可能不那么有名。另外，我密切遵循了乔姆斯基建构的生成语法的早期版本。为方便、简洁、明了起见，我经常用我自己编撰的故事与非故事作为实例。这样的实例并不总是令人满意，但这绝不影响该语法循以建构的整体线索。

　　感谢艾林·F·普林斯（Ellen F. Prince），她给了我关于材料的很

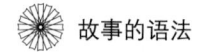

多漫长的讨论和富有价值的建议。同样要感谢简·奥特尔（Jean Alter）、卡洛斯·莱尼斯（Carlos Lynes）以及鲁赛尔·P·赛博德（Russell P. Sebold）。

  本研究得到宾夕法尼亚大学研究基金的资助。

导　论

0.1

　　可能不是任何人都知道如何讲一个好的故事，但历史上和人类学上所知的任何人类社会都知道如何讲故事，而且从很早之前就是如此。事实上，巴尔特注意到，"儿童在同一时期（3岁左右）'创造'句子、叙事和俄狄浦斯，这是令人深思的"①。此外，每个人都能区别故事与非故事，也就是说，关于什么构成故事而什么不构成故事，每个人都有一定的直觉——或者说具有主观的确定尺度。例如，正像纽梅耶所说："人类（甚至孩子）都有心照不宣的（即不言而喻的，他们不知道自己有）、由故事决定的知识。"② 最后，关于特定的一系列因素是否构成一

---

① ［法］罗兰·巴尔特（Roland Barthes）：《叙事作品结构分析导论》（"Introduction à l'analyse structurale des récits"），载《交流》（*Communications*），no. 8（1966），27。【此处所引系法语原文。采张寅德中译文，见张寅德编选：《叙述学研究》，41页，北京，中国社会科学出版社，1989。——译者注】

② ［美］彼得·F·纽梅耶（Peter F. Neumayer）：《作为故事讲述者的孩子：经由习惯知识的文学概念教学》（"The child as Storyteller: Teaching Literary Concepts Through Tacit Knowledge"），载《大学英语》（*College English*），XXX, no. 7（1969），517。

个故事，常常是有共识的。

(1) 有个人很快乐，后来他娶了一个虚荣而专断的女子，然后，作为结果，他很不快乐。

这是一个故事，虽然可能十分琐屑。相反，

(2) 电子是原子的组成要素。

尽管有意义，但却不是故事。的确，不同文化背景的人经常会认同同样的某一系列因素是故事，而认为另外一些不是故事，并且他们经常以同样的方式讲述相似的故事。俄罗斯和北美印第安人的民间故事似乎有着很多共同要素。① 因此，看上去似乎至少在一定程度上，每个人都有关于故事之本质的相同的直觉——或者说相同的内心规则。

故事的语法是描述这些规则——或者说，能够产生同样的结果——的一系列陈述或准则。语法应当精确。它应当通过运用一套特定的规则指明一个故事怎样被生产出来，并为这一故事派定一种结构化描述，而留给语法运用者以最小的阐释空间。它还应当是彻底的，并能够解释所有可能的故事，且仅仅是可能的故事，但这或许只是一个可以接近的理想，而不是眼前的现实。② 对于有些因素，某些人认为是故事而另一些人却认为不是故事，无疑这样的因素还不少。就这一点来说，一套故事语法应该能够廓清这些因素和那些被广泛接受为故事的因素中有哪些特

---

① 参见［苏］弗拉基米尔·普罗普：《民间故事形态学》(*Morphology of the Folktale*, Bloomington, 1958)；［美］阿兰·邓迪斯：《北美印第安民间故事形态学》(*The Morphology of North American India Folktales*, Helsinki, 1964)。

② 关于语法的要求，除其他之外，还可参见［美］诺姆·乔姆斯基：《句法结构》(*Syntactic Structures*, The Hague, 1957)；《论"语法规则"的概念》("On the Notion 'Rule of Grammar'")，见《第12次应用数学讨论会会刊》(*Proceedings of the Twelfth Symposium in Applied Mathematics*)，XII (1961), 6-24；《关于生成语法的若干方法论评论》("Some Methodological Remarks on Generative Grammar")，载《语词》(*Word*), XVII (1961), 219-223；《句法转换分析方法》("A Transformational Approach to Syntax")，见 A. A. 黑尔 (A. A. Hill) 主编：《1958年英语语言分析问题研讨会会刊》(*Proceedings of the 1958 Conference on Problems of Linguistic Analysis in English*, Austin, Texas, 1962), 124-158；《句法理论的若干问题》(*Aspects of the Theory of Syntax*, Cambridge, Mass., 1965)。另参见［美］艾蒙·巴赫：《转换语法导论》(*An Introduction to Transformational Grammars*, New York, 1964)；［美］保罗·珀斯塔：《结构成分：当代句法描述模式研究》(*Constituent Structure, A Study of Contemporary Models of Syntactic Description*, The Hague, 1964)。

征是共同具备的，同时又有哪些特征不是它们共同具备的。它还要能够具体阐明其合乎语法的程度。①

0.1.1

近年来，由于对俄国形式主义特别是对普罗普的重新发现，由于结构主义尤其是结构主义人类学的出现，由于像民俗学与文学批评这样的学科语言的巨大影响，不少学者已经创造了或者正在创造故事的语法或者特定系列故事的语法。② 尽管本书的目标并非批判性地检验他们的各

---

① 关于合语法程度，参见［美］诺姆·乔姆斯基：《关于生成语法的若干方法论评论》("On the Notion 'Rule of Grammar'")。

② 例如，可参见［法］罗兰·巴尔特：《叙事作品结构分析导论》("Introduction à l'analyse structurale des récits"), 1–27。［法］克洛德·布雷蒙：《叙述信息》("Le Message narratif")，载《交流》(Communications), no. 4 (1964), 4–32;《叙述可能之逻辑》("La logique des possibles narratifs")，载《交流》(Communications), no. 8 (1966), 60–76;《普罗普的美国后裔》("Postétité américaine de Propp")，载《交流》(Communications), no. 11 (1968), 148–164。［美］尤吉纳·多夫曼：《叙事的结构：语言学方法》("The Structure of the Narrative: A Linguistic Approach")，载《思想史通讯》(History of Ideas Newsletter), II (1956), 63–67;《中世纪浪漫史诗的叙述元：叙事结构导论》(The Narreme in the Medieval Romance Epic: An Introduction to Narrative Structures, Toronto, 1969)。［美］阿兰·邓迪斯：《内容分析之趋向：一篇评论》("Trends in Content Analysis: A Review Article")，载《中西部民间故事》(Midwest Folklore), XII, no. 1 (1962), 31–38;《民间故事结构研究：从非功能关系单位到功能关系单位》("From Etic to Emic Units in the Structural Study of Folktales")，载《美国民间故事学报》(Journal of American Folklore), LXXV (1962), 95–105;《北美印第安民间故事形态学》(The Morphology of North American Indian Folktales)。［法］A. J. 格雷马斯：《结构语义学：方法研究》(Sémantique structurale: recherche de méthode, Paris, 1966);《建立一门阐释神话叙事的理论》("Eléments pour une théorie de l'interprétation du récit mythique")，载《交流》(Communications), no. 8 (1966), 28–59;《叙事行动元的结构：生成方法研究》("La Structure des actants du récit. Essai d'approche générative")，载《语词》(Word), XXIII, no. 1–2–3 (1967), 221–238。［美］艾里·K·康佳斯、皮埃尔·马兰达：《民间故事结构模式》("Structural Models in Folklore")，载《中西部民间故事》(Midwest Folklore), XII, no. 3 (1962), 133–192。［法］克洛德·列维-斯特劳斯：《结构人类学》(Anthropologie structurale, Paris, 1958)。［法］茨维坦·托多罗夫：《叙事文学的分类》("Les Catégories du récit littéraire")，载《交流》(Communications), no. 8 (1966), 125–151;《文学与符号学》(Littérature et signification, Paris, 1967);《诗学》("Poétique")，见［法］奥斯瓦尔德·杜克洛特编：《何为结构主义？》(Qu'est-ce que le structuralisme? Paris, 1968), 97–166;《叙事的语法》("La Grammaire de récit")，载《语言》(Langages), no. 12 (1968), 94–102;《〈十日谈〉的语法》(Grammaire du Décameron, The Hague, 1970)。

种成就——所有这些成就都是有意义的——但应当指出，迄今为止的各种语法都还不够精确，或者不够彻底，或者既不够精确又不够彻底。举例来说，罗兰·巴尔特和茨维坦·托多罗夫，就都不能够精确地辨识出故事的基本结构单位。另一方面，由邓迪斯精心构筑出的模式则只能描述一个特定系列的故事，即民间故事。①

0.2

故事可以用各种各样的方式来讲述。事实情况是：任何特定故事都可以通过语言、电影、哑剧等形式来表现。布雷蒙说得好：

> 一个故事的题材可以充当一部芭蕾舞剧的剧情，一部长篇小说的题材可以搬到舞台或银幕上，一部电影可以讲给没有看过的人听。我们读到的是文字，看见的是形象，辨认的是姿势，而通过这

关于俄国形式主义，参见［美］维克多·埃里奇：《俄国形式主义的历史》（*Russian Formalism: History-Doctrine*, The Hague, 1955）。［法］茨维坦·托多罗夫：《文学理论》（*Théorie de la littérature*, Paris, 1965）。关于故事语法建设的种种努力的介绍，参见［法］米歇尔·阿里夫：《文学文体学与文学符号学》（"Stylistique littéraire et sémiotique littéraire"），载《小说批评》（*La Nouvelle Critique*），no. spécial (1968), 171-174。［法］让·皮塔德：《语言学和文学的相互关系与影响（参考书目介绍）》［ "Rapports et interférences de la linguistique et de la littérature (introduction à une bibliographie)"］，载《小说批评》（*La Nouvelle Critique*），no. spécial (1968), 8-16。关于文本研究形式化的种种努力，又见［法］米歇尔·阿里夫：《作为文学文本语言描述的假设》（"Postulats pour la description linguistique des textes littéraires"），载《法语》（*Langue Française*,) no. 3 (1969), 3-13。［美］威廉·O·亨德里克斯：《语言学与文学文本的结构分析》（*Linguistics and the Structural Analysis of Literary Texts*，伊利诺伊大学学位论文 (1965)；《论"超越句子"概念》（"On the Nation 'Beyond the Sentence'"），载《语言学》（*Linguistics*），no. 37 (1967), 12-51。

① 几种著名的语法都或多或少受过批评。邓迪斯批评过列维-斯特劳斯，见《北美印第安民间故事形态学》（*The Morphology of North American Indian Folktales*），42-47；布雷蒙在《普罗普的美国后裔》（"Postétité américaine de Propp"）中指出了普罗普和邓迪斯的民间故事形态学的某些弱点；［法］丹尼斯·古恩诺（Denis Guenoun）则检视了巴尔特、布雷蒙和托多罗夫的著作，参见《关于叙事结构分析的问题》（"A propos de l'analyse structurale des récits"），载《小说批评》（*La Nouvelle Critique*），no. spécial (1968), 65-70。

些，了解到的却是一个故事，而且可能是同一个故事。①

假设某个给定故事是以书面语言表达的。这一语言可能是英语：

（3）John was very happy, then war came, then, as a result, John was very unhappy. ［约翰很幸福。后来战争爆发了，（然后，作为）结果，约翰很不幸福。］②

也可能是法语：

（4）Jean était très heureux puis la guerre éclata et Jean devint très malheureux. ［约翰很幸福。后来战争爆发了，（然后，作为）结果，约翰很不幸福。］

或者其他任何一种书面语言。

假设一个给定故事是用英语讲述的。它可能像下面这样：

（5）The people were happy, then war came, then, as a result, they were unhappy. ［人们很幸福，后来战争爆发了，（然后，作为）结果，他们很不幸福。］

或者：

（6）The people were happy, then war came, then, as a result, the people were unhappy. ［人们很幸福，后来战争爆发了，（然后，作为）结果，人们很不幸福。］

或者是（5）的另外任何一种释义。

最后，需要注意"非故事"（non-story），例如，对于一座英国城堡的描述，也同样可以通过语言或电影、英语或法语等表现手段来

---

① ［法］克洛德·布雷蒙：《叙述信息》（"Le message narratif"），4。关于此一主题，又参见［法］罗兰·巴尔特：《叙事作品结构分析导论》（"Introduction à l'analyse structurale des récits"），1。［美］阿兰·邓迪斯：《内容分析之趋向：一篇评论》（"Trends in Content Analysis: A Review Article"），36；《北美印第安民间故事形态学》（*The Morphology of North American Indian Folktales*），44。［此处所引系法语原文。中译参［以色列］里蒙-凯南：《叙事虚构作品》，姚锦清等译，12页，北京，三联书店，1989；申丹：《叙述学与小说文体学研究》，2版，19页，北京，北京大学出版社，2001。——译者注］

② 剖析故事之要素是本书的基本工作，例句中的连接成分均必不可少，因而诸如 then（"然后"，或"后来"）、as a result（作为结果）之类连接词都需完整出现。虽然在汉语中如此表述未免繁冗，但为阐明事理，仍绝对不可省略，故如实译出。——译者注

表现。

　　因此可以说，无论是故事的表达方面的质料（声音、形象、姿态等）还是形式（如某个特定的英语句子），都不能确定其为"故事"而不是"非故事"。这就是为什么一套故事的语法无须与对故事的表达方面的描述相关。①

0.3

　　一个故事可能处理任何数量的对象及任何数量的主题。存在着关于爱、关于死、关于金钱、关于树、关于鸟等对象的故事。也存在着关于故事的故事。此外，一个故事、一首诗或者一篇散文可能有着相同的对象，处理相同的主题。存在着关于拿破仑的故事，也存在着关于拿破仑的诗歌和散文。那么显然，故事的对象及它所处理的主题不能确定其是"故事"而不是"非故事"，这就是为什么一套故事的语法不必与其对象及主题的研究相关。

0.4

　　假定我们有相当数量的内容单位，每一个都由特定的一连串符号表现出来。例如，假设是这样：

　　内容单位 A＝约翰很幸福

　　内容单位 B＝约翰遇到一个女人

　　内容单位 C＝约翰很不幸福

---

　　① 为方便起见，我用作案例的故事均为文字故事，我所设定的规则，也都从这些文字故事中衍生出来。这并不意味着这些规则不适用于非文字故事，也不意味着它们表达的观念不能转化为非文字故事。即使是像因果性这样的观念，也可以适用于通过一系列舞姿表达出来的故事；而且，如果一段芭蕾不能暗示因果性，那么它的故事性——假如它有故事性的话——就被降低了。

内容单位 D=约翰去了电影院

内容单位 E=约翰吃了个苹果

内容单位 F=约翰吃了个梨

内容单位 G=后来

内容单位 H=而且（而，又）

内容单位 I=作为结果

根据模式 P 安排的一组 5 个单位，组成了我们直觉上所认可的故事：

（7）约翰很幸福，后来约翰遇到一个女人，后来，作为结果，约翰很不幸福。

同样的一组单位，根据另一个模式 P′来安排，就构成一个不同的故事：

（8）约翰很不幸福，后来约翰遇到一个女人，后来，作为结果，约翰很幸福。

相反，还是同一组单位，根据另一个模式 P″来安排，则不构成故事。例如：

（9）约翰很幸福，后来，作为结果，约翰很不幸福，后来，约翰遇到一个女人。

同样，根据任何随意模式安排的另一组 5 个单位，也不构成故事。例如：

（10）约翰吃了个苹果，约翰又吃了个梨，约翰又去了电影院。

（11）约翰吃了个梨，约翰又吃了个苹果，约翰又吃了个梨。

（12）约翰去了电影院，约翰又吃了个苹果，约翰又吃了个梨。

我们可以这样概括上述各例：随意选出的、以一种随意方式安排的一组内容单位，未必构成一个故事。只有具备一定特质并根据特定模式安排的内容单位才能构成我们直觉上的、广泛认可的故事。一套故事的语法，应当描述和解释所有这样的类组，而且仅仅是这样的类组。

0.5

这样一套语法，如果提炼恰当，将不仅能精确而形式化地概括出故

故事的语法

事的最基本特征，而且能够为描述特定故事的结构提供有力工具，还是富有价值的启发性手段，并导向对于故事本质的更好的理解。另外，它还关切到基于结构的精确的故事类型学。此外，它能帮助解决有关故事的许多问题：民间故事的结构，是否与那些"精致"得多的故事的结构有着十分重要的区别？特定的社会偏爱何种故事——就结构而言？为什么？最后，它对于思考和学习过程，或者对于情感障碍的研究，都饶富启示意味：为什么根据语法规则，有些故事理论上是存在的，但实际上却很少遇到，甚至不存在？儿童讲故事的能力的发展过程需要经历哪几个阶段？情感障碍的孩子是否一贯偏爱某个不为正常孩子所偏爱的故事模式？最终，一套故事的语法不但可以深化我们对于故事之本质的理解，而且可以深化我们对于人的理解。

第一章　最小故事

1.0

对任何结构的严密分析，都要预设组成该结构的独立单位，因为只有把这些单位适当孤立开来，才有可能描述它们是如何分布的，又是如何结合在一起以产生那种结构的。如果我们把故事看作由特定数目的单位以特定方式结合起来而构成的，我们首先就必须对这些满足某种形式标准并允许我们尽可能容易和明确地予以确定的单位进行精确区分。

普罗普、巴尔特和茨维坦·托多罗夫等学者做了饶富趣味并颇有助益的工作，但其缺点之一就在于缺乏一个精确标准，以判别构成故事的基本单位。普罗普没有详细说明其结构单位（即功能）及其（语言）呈现之间的确切关系。巴尔特给故事的基本要素做出了至多是粗略的界定：

……从一开始就有两大功能类别，一部分是分布类，另一部分是归并类。第一类功能相当于普罗普所说的功能。尤其是布雷蒙又对其做了新的研究。但是我们在此所做的研究要比这两位研究者细致得多；"**功能**"这一名词专指这类功能（尽管其他单位也具有功能性质）。自从托马舍夫斯基作了分析以来，这一类功能的模式已成为典范：购买手枪的相关单位是以后使用手枪的时候（如果不使用，这一笔就反过来变成意志薄弱的表示，等等）……第二类功能属于归并性质，包括所有的"**迹象**"……于是，这类单位使人想到的不是一个补充的和一贯的行为，而是一个虽然多少有些模糊，但对故事意义必不可少的概念。比如涉及人物性格的迹象、与人物身份有关的情报、"气氛"描写等。①

另外，他认为严格地在这些单位的意义上描述故事通常是不可能的："如果分析企图是透彻的，那它注定要遇到任何功能（甚至最间接的）都无法解释的符号。"② 至于茨维坦·托多罗夫，为了建立一套《十日谈》的语法，他从概括薄伽丘的故事开始，以证实他所感觉的就是其情节的主要因素。不过，他没有具体解释我们应该如何概括一个特定故事。③

如果我们认为构成任何故事的基本单位是内容单位——由于找不到更好的术语，我在下文中姑且称之为"**事件**"（events）——那么我们该如何界定一个事件？正像 0.2 中所提到的，任何故事都可以通过语言表达出来。特别是，它可以由一系列（联结起来的）句子来表现，每个句子都是至少一个、最多不超过两个分离的基本线索（string）的转化。从现在开始，我将用故事中的"**事件**"来称呼该故事中的任何能够用一个句子表达的部分，这里的句子指至少一个、最多不超过两个分离的基本线索。④ 根据这一界定，在一个特定故事中，

---

① [法] 罗兰·巴尔特：《叙事作品结构分析导论》（"Introduction à l'analyse structurale des récits"），8–9。【此处所引系法语原文。采张寅德中译文，见张寅德编选《叙述学研究》，13 页，北京，中国社会科学出版社，1989。——译者注】

② [法] 罗兰·巴尔特：《真实的效果》（"L'effect de reel"），载《交流》（*Communications*），no. 11 (1968), 84。【此处所引系法语原文。参邓丽丹中译文，载《外国文学报道》，1987 (6)。——译者注】

③ 参见 [法] 茨维坦·托多罗夫：《诗学》（"Poétique"），132–138。

④ 同样的建议，参见 [美] 查理斯·T·斯科特：《论谜语的定义：结构单位问题》（"On Defining the Riddle: The Problem of a Structural Unit"），载《文类》（*Genre*），II, no. 2 (1969), 137。又见 [美] 杰拉德·普林斯：《走向小说的标准批评》（"Towards a Normative Criticism of the Novel"），载《文类》（*Genre*），II, no. 1 (1969), 8。关于基本线索转换的讨论，见 [美] 诺姆·乔姆斯基：《句法结构》（*Syntactic Structures*）及《句法转换分析方法》（"A Transformational Approach to Syntax"）。

注意，在本书中，为方便起见，我可能用一个并非某单一基本线索的转换的句子来代表一个事件。

（1）某人笑了。

将代表一个事件，因为它是一个单独的基本线索的转化。

（2）这个人说那男孩笑了。

也将代表一个事件，因为它不是由两个分离的基本线索导出的。相反，

（3）正在此处的这个男孩很漂亮。

代表两个事件，因为它由两个分离的基本线索导出的，即

（4）某男孩很漂亮。

和

（5）那男孩正在此处。

至于

（6）一个男孩

则不代表任何事件，因为它不是一个句子。

正如一个事件可以由一个句子表达，组成一个故事的一系列结合起来的事件，也可以由一系列结合起来的句子表达。在一个特定故事中，

（7）一个男人笑了，而一个女人哭了。

代表两个结合起来的事件；而

（8）一个男人笑了，之后，作为结果，一个女人哭了，而一只鸟唱起了歌。

代表三个结合起来的事件。

事件可能由连接成分联结起来。故事里的连接成分是该故事中可以用一个连接性词语表示的任何成分，此处连接性词语指能够为联结句子服务的任何语言部分。在（7）中，"而"（and）是一个连接性词语，它代表一个连接成分；在（8）中，"然后"（then）、"作为结果"（as a result）及"而"（and）都是代表连接成分的连接性词语。

1.1

每个故事都包含至少一个最小故事。我将用**"最小故事"**（minimal

story）来指称任何符合下面条件的故事：它不再将任何故事中的任何事件作为自己的特有部分容纳进去。换句话说，最小故事等同于由最小数目的连接成分联系起来，并能构成一个故事的最小系列的事件。

（9）斧头是一种工具。

这显然不是个故事。下面两个也不是：

（10）这里有个男人。

（11）一个女人大笑。

事实上，没有哪个表达且仅仅表达一个事件的句子能够讲述一个故事。因此我们可以说，没有哪个故事是由一个单独事件构成的，最小故事总是由一个以上的事件构成。

相反，

（12）有个男人很幸福，后来他遇到一个女人，然后，作为结果，他很不幸。

和

（13）有个男人病得很重，后来他吃了一个苹果，然后，作为结果，他永远健康。

会被直觉地确认为故事，尽管不是特别好的故事。由于（12）和（13）由三个相结合的句子组成，每一个句子表现一个事件，因此我们可以说，组成一个故事，仅需要三个相结合的事件。

一个故事是否可以由两个事件相结合构成呢？看下面这一套由两个句子相结合组成的话语，每一个句子代表且仅代表一个事件：

（14）约翰折磨玛丽，而玛丽折磨杰克。

（15）约翰很英俊，保罗吃了香蕉。

（16）约翰很富有，而且他很痛苦。

（17）约翰很富有，后来他很贫穷。

（18）约翰折磨玛丽，后来他折磨杰克。

（19）约翰杀害了保罗，因为保罗很可恨。

（20）约翰是欧洲人，而彼得是非洲人。

（21）约翰很幸福，尽管玛丽很穷。

第一章　最小故事

(22) 约翰是法国人，因此他是欧洲人。

显然，所有这些话语都不构成故事。任何其他由每一句都表达且仅表达一个事件的两个句子相结合组成的话语，也都不构成故事。因此我们可以说，两个相结合的事件不能构成一个故事。

构成一个故事所需的相结合的事件的最小数目为三个。而最小故事就是由三个相结合的事件构成的故事。需要指出，不少学者用不同的方法，得出了相似的结论。例如，布雷蒙写道："三个功能一经组合便产生基本序列。这一个三功能组合是与任何变化过程三个必然阶段相适应的……"[1]

1.2

为了结合三个事件，必需的连接成分不超过两个：

(23) 太阳朗照着，而鸟儿们在歌唱，后来就下雨了。

(24) 约翰吃了个苹果，然后他就上床了，因为他累了。

此外，两个连接成分可以是同样的，也就是说，可由两个相同的或相近的连接词来表示：

(25) 约翰爱玛丽，而玛丽爱吉姆，而吉姆爱琼。

(26) 苏格拉底很善良，而且他很智慧，而且他很勇敢。

(27) 孔代胜了一仗，然后蒂雷纳胜了一仗，然后卢森堡败了一仗。

(28) 太阳升起，然后它朗照着，然后它落下了。

反过来，一个以上的连接成分可以结合起两个事件，而两个以上的连接成分可以接合起三个事件：

---

[1] ［法］克洛德·布雷蒙：《叙述可能之逻辑》（"La Logique des possibles narratifs"），60。关于此主题，又见他的《普罗普的美国后裔》（"Postérité américaine de Propp"），152；［法］A. J. 格雷马斯：《结构语义学：方法研究》（Sémantique structurale），202 - 203；［法］瓦莱特·莫兰：《滑稽故事》（"L'Histoire drôle"），载《交流》（Communications），no. 8 (1966)，102。【此处所引系法语原文。采张寅德中译文，见张寅德编选：《叙述学研究》，154页，北京，中国社会科学出版社，1989。——译者注】

（29）约翰很快乐但后来他很伤心。

（30）约翰很快乐但后来他变得伤心，然后，作为结果，彼得很快乐。

我们已经确定，为了构成一个最小故事，所需要的相结合事件不超过三个。现在我们又确定，为了结合这三个事件，需要多少个连接成分，以及是否其中有两个或更多的连接成分可以是相同的。看下面的几个由三个相结合事件构成的（琐屑！）故事：

（31）有个人很不快乐，后来他陷入爱河，后来，作为结果，他很快乐。

（32）有个女人很丑陋，后来，魔法师帮助了她，后来，作为结果，她很漂亮。

（33）约翰很忠贞，后来他娶了玛丽，后来，作为结果，他很随便。

在上述每一个故事中，第一个事件与第二个事件都由一个连接成分（能够结合两个事件的最小数目）结合起来，而第二个与第三个则由两个连接成分结合起来，其中一个与第一个连接成分相同。总的来说，每个故事中都有三个连接成分，其中有两个是相同的。

在一个最小故事中，连接成分是否可能有其最小数目呢？请看下列一组话语，它们呈现由两个连接成分结合成的三个事件：

（34）有个人很不快乐，因此他很快乐，后来他陷入爱河。

（35）约翰很忠贞，因此他很随便，后来他娶了玛丽。

（36）有个人很不快乐，后来他陷入爱河，后来他很快乐。

（37）约翰很忠贞，后来他娶了玛丽，后来他很随便。

（34）和（35）显然不是故事。至于（36）和（37），与其说是故事，不如说仅仅列举了一系列事件。类似地，任何仅由两个连接成分结合的事件都不会构成一个故事。因此我将尝试着把最小故事界定为由三个事件以下列方式结合而成：第一个事件与第二个事件通过一个连接成分结合起来，而第二个事件与第三个事件通过两个连接成分结合起来，其中一个连接成分与第一个连接成分相同。

1.2.1

以此种方式结合起来的任意三个事件，未必都构成最小故事。看下面的例子：

(38) 约翰很富有，后来他到处旅游，后来，作为结果，他很贫穷。

(39) 约翰很悲伤，后来他看到了玛丽，后来，作为结果，他很幸福。

(40) 约翰很富有，而他到处旅游，后来，作为结果，他很贫穷。

(41) 约翰很富有，而他到处旅游，但后来他变得贫穷了。

(42) 约翰跳舞而比尔唱歌，而吉姆却抽烟。

(38) 和 (39) 构成故事，而 (40)、(41) 和 (42) 不构成故事。前两个例子至少在一个方面区别于其他几个。在这两个例子中，连接成分均指示着每一事件都发生于不同时间。特别是，它们指示着三个事件是按照编年顺序排列的，第一个事件在时间上发生于第二个事件之前，而第二事件在时间上发生于第三个事件之前。在其他各例中，连接成分并未在诸事件之间建构此种关系：(40) 和 (41) 中三个事件里的两个事件，以及 (42) 的全部三个事件，都是同时发生的。①

这样我们就可以进一步把最小故事界定为由三个事件以下列方式相结合而成：(a) 第一个事件与第二个事件由一个连接成分结合起来，而第二个事件与第三个事件由两个连接成分结合起来，其中一个与第一个连接成分相同；(b) 第一个事件在时间上先于第二个事件，而第二个事件先于第三个事件。②

1.2.1.1

也许每一个故事研究者都强调过故事中的编年关系所扮演的角色的重要性。格雷马斯这样论述：

> 叙事这个话语单位应该被看作一个算法（algorithme），亦即一连串陈述，陈述的谓语功能用语言模拟一系列有目的的行为。作为系列，叙事拥有**时间维度**：在时间维度上开展的行为，相互之间

---

① 关于故事中时间序列的进一步讨论，见 2.2.1～2.2.1.1, 3.1～3.1.3.1 以及 3.6。

② 或者，更准确地说是以这样的方式：第一个事件的开端在时间上先于第二个事件的开端，第二个事件的结局在时间上先于第三个事件的结局。

保持着先后发生的关系。①

的确，事件的时间顺序是任何故事的最重要的基本特征之一。给定一个有着一定数目的特性的（非最小）故事，我们可以从其中排除其很多特性，而仍能保留一个故事。但我们永远无法从其中排除"事件的时间顺序"而完全不损害其作为故事的性质："任何叙事作品都等于一段包含着一个具有人类趣味又有情节统一性的事件序列的话语。没有序列，就没有叙事。"② 这方面的一个佳例是由"新小说"的开创者提供的，除了其他方面之外，他们希望写出无故事的小说，而通过使读者无法建立任何事件时间顺序，他们达到了这一目标。例如在罗伯-格里耶的《嫉妒》③中，那只被捻死的蜈蚣，在一部讲述故事的小说中，本来会提供一个很好的指示点，其他事件的发生时间围绕它而安置。但在《嫉妒》中，它被处理成发生于弗兰克和 A. 开始旅程之前、旅程之中或旅程之后。

1.2.2

不是所有以下列方式结合的三个事件都构成最小故事：（a）第一个事件与第二个事件由一个连接成分结合起来，而第二个事件与第三个事件由两个连接成分结合起来，其中一个与第一个连接成分相同；（b）第

---

① ［法］A. J. 格雷马斯：《建立一门阐释神话叙事的理论》（"Eléments pour une théorie de l'interprétation du récit mythique"），29。许多学者详细研究了故事中时间的角色，例如，可参见［法］罗伯特·查姆皮格尼：《小说的类型》（*Le Genre Romansque*，Monte-Carlo，1963）；［英］A. A. 门迪洛：《时间与小说》（*Time and the Novel*，London，1952）；［法］让·普劳恩：《时间与小说》（*Temps et Roman*，Paris，1946）。【此处所引系法语原文。采吴泓渺、冯学俊中译文，见［法］A. J. 格雷马斯：《建立一门阐释神话叙事的理论》，见《论意义——符号学论文集》，上册，193 页，天津，百花文艺出版社，2005。——译者注】

② ［法］布雷蒙：《叙述可能之逻辑》（"La Logique des possibles narratifs"），62。【此处所引系法语原文。采张寅德中译文，见张寅德编选：《叙述学研究》，156 页，北京，中国社会科学出版社，1989。——译者注】

③ 《嫉妒》（*La Jalousie*），法国"新小说"派作家阿兰·罗伯-格里耶（Alain Robbe-Grillet，1922—2008）的小说，1957 年出版。该作品已有数个中译本，如李清安译本，见柳鸣九编选：《新小说派研究》，北京，中国社会科学出版社，1986；南山译本，载《外国文艺》，1997（2）。——译者注

第一章　最小故事

一个事件在时间上先于第二个事件,而第二个事件先于第三个事件。看下面的几个例子:

(43) 约翰很富有,后来他丢了很多钱,然而,后来他就贫穷了。

(44) 约翰很贫穷,后来他得到了很多钱,然而,后来他就富有了。

(45) 约翰很富有,后来他失去很多钱,后来,作为结果,他很贫穷。

(46) 约翰很贫穷,后来他得到很多钱,后来,作为结果,他很富有。

(43)和(44)不能被认为是故事,而(45)和(46)则是。(43)、(44)与(45)、(46)之间的区别在于,在后者中,第三个连接成分指示着第二个和第三个事件之间不仅有编年顺序的关系,而且有因果关系。

最小故事的定义还必须进一步修正,以表明这一因果关系。最小故事由以下列方式结合起来的三个事件构成:(a)第一个事件在时间上先于第二个事件,而第二个事件先于第三个事件;(b)第二个事件导致了第三个事件。必需的连接成分不超过三个,一个把第一个事件与第二个事件结合起来,另两个把第二个事件与第三个事件结合起来。

1.2.2.1

特定事件之间的因果关系正如编年顺序关系一样,是故事的一个基本要素。在 20 世纪,有些小说家试图写出无故事或几乎无故事的小说。他们或者像萨特那样,希望表现一个荒诞世界,在此世界中,事件之间没有关联;或者像罗伯-格里耶和贝克特那样,试图创造所谓的纯小说,小说就是小说而不是其他任何东西,他们从小说中系统地剔除事件之间或事件组之间的大部分逻辑关联。例如在《恶心》①中,洛根丁之参观博物馆,并不是由先于它的事件导致,该事件也没有导致后于它的其他事件。萨特运用的与其说是一种逻辑安排,不如说是一种严格的时间安排。洛根丁思念安妮,然后他去布威尔博物馆,然后决定停止写作罗勒

---

① 《恶心》(La Nausée),法国存在主义哲学家、作家让-保尔·萨特(Jean-Paul Sartre, 1905—1980)的小说,1938 年发表。——译者注

故事的语法

邦侯爵传。①

加缪的《局外人》②比其他小说更好地强调了故事中因果关系的重要性。《局外人》分两部分,第一部分叙述默尔索生活中的一系列事件,另一部分叙述关于他的一个凝聚性的故事。在第一部分中,主人公有一系列经历,这些经历主要由于它们在时间上相接续,并且由于他处于每一个事件的中心而结合起来。默尔索出席母亲的葬礼,他看了一部费南代尔的电影,他和玛丽做爱,他到海滨,他杀死一个阿拉伯人。他的生活是荒诞的,由一些多半相分离的事件组成,他杀死阿拉伯人也没有原因。第二部分写他的审判,为了控告他,试图把其各种各样的经验调和进密切联系起来的故事中,这个故事的高潮是他谋杀阿拉伯人。他们通过其间的因果关系达到这一点。③

1.2.2.2

出现于最小故事里的两个事件间的因果关系,其有意思的特点之一就在于:它必须由一个编年关系相伴随,但颠倒过来就不这样。例如,在上述最小故事(45)和(46)中,我们有:

(47)他失去很多钱,后来,作为结果,他很贫穷。

(48)他得到很多钱,后来,作为结果,他很富有。

但不会有:

(49)约翰很富有,后来他失去很多钱。

(50)约翰很贫穷,后来他得到很多钱。

任何故事都必须有至少两个不仅发生于不同时间而且有因果关系的事件。通常,故事包括更多能满足这一条件的事件。事实上,(大多数)故事最主要的特点之一就在于时间序列和因果逻辑常常是等同的。正像

---

① 关于萨特小说中因果关系的缺席,参见[美]杰拉德·普林斯:《形而上学和萨特小说中的技术》(*Méta-physique et technique dans l'œuvre romanesque de Sartre*, Genève, 1968), 46-47。

② 加缪(Albert Camus, 1913—1960),法国哲学家、作家。《局外人》(*The Stranger*)是他的小说代表作,1942年出版。——译者注

③ 《局外人》不是加缪处理故事的本质的唯一小说。如他的《堕落》,除了其他各个方面之外,它还是一个关于故事讲述者的痛苦的故事。

第一章　最小故事

巴尔特所说："事实上，人们完全可以想象叙述活动的动力正在于连续和后果的混淆，因为叙事作品中发生在后的事情被读作是有前因的。在这种情况下，叙事作品也许系统地贯彻了经院派曾用'前有因，后有果'这句话指责过的逻辑错误。"① 这种等同不难达成。在英语当中，"then"（然后）既可以用于暗示编年顺序：

(51) He got up then sat down.（他站起来，然后又坐下。）

又可以用来暗示因果联系：

(52) If he is rich, then he is no good.（如果他很富有，那么他一定不仁慈。）

而法语当中的"alors"（于是，那么）也是同样的。这并不完全是巧合。

1.2.2.3

给定任何一个呈现最小故事的话语，它在某种程度上可以界定为：它通过其句子来指示其所呈现的特定事件的组织：第一个事件与第二个事件的编年顺序，第二个事件与第三个事件的编年顺序和逻辑顺序。同样，任何其他种类的话语都可以至少部分地由其所指示的事件顺序来界定，无论其为编年顺序，还是逻辑顺序，抑或是可称之为"空间顺序"的顺序［如果所用的连接词语是"and"（和，而，并且）而不是"then"（然后，后来）或"as a result"（作为结果）］，等等。因此，从年鉴和编年史可以看出，有些事件是按编年顺序排列的，而另一些是按空间顺序排列的，而纯粹诗学话语揭示的则是事件之间单纯的空间顺序。②

---

① ［法］罗兰·巴尔特：《叙事作品结构分析导论》（"Introduction à l'analyse structurale des récits"，10。又参见 ［法］茨维坦·托多罗夫：《诗学》（"Poétique"），123ff.。【此处所引系法语原文。采张寅德中译文，见张寅德编选：《叙述学研究》，15 页，北京，中国社会科学出版社，1989。——译者注】

② 诗学话语与其他种类的话语之间最基本的不同在于：在前者中，句子是事件。诗学话语就是其所呈现之物，而且也呈现其所是之物。关于各种类型话语的富有意义的讨论，又参见 ［美］肯奈斯·L·派克：《话语分析与法位方阵》（"Discourse Analysis and Tagmeme Matrices"），载《大洋洲语言学》（Oceanic Linguistics），Ⅲ，no. 1（1964）；《关于人类行为结构统一理论的语言》（Language in Relation to a Unified Theory of the Structure of Human Behavior，The Hague，1967）。

故事的语法

1.2.3

并非所有依下列方式结合的三个事件都构成最小故事：(a) 第一个事件在时间上先于第二个事件，而第二个事件又先于第三个事件；(b) 第二个事件导致了第三个事件。看下面的例子：

(53) 约翰很富有，后来他吃了个苹果，然后，作为结果，他去了德国。

(54) 约翰很富有，后来他失去很多钱，然后，作为结果，他遇到一个女人。

(55) 约翰很幸福，后来他遇到一个女人，然后，作为结果，他去了德国。

(56) 约翰很幸福，后来他遇到一个女人，然后，作为结果，他吃了个苹果。

(57) 约翰很富有，后来他失去很多钱，然后，作为结果，他很贫穷。

(58) 约翰很幸福，后来他吃了个苹果，然后，作为结果，他很不幸福。

(53)～(56) 与其说构成故事，毋宁说是以编年顺序和（部分的）逻辑顺序，讲述了一系列拥有一个共同的行为者的事件。(57) 和 (58) 也是讲述一系列有一个共同的行为者的事件，不过，它们能被直觉地确认为故事。

在很多学者看来，任何故事的特点之一是它必须是一个整体，是一个自足结构，它以某种方式传达"它是封闭的"这一印象。因此，茨维坦·托多罗夫试图把故事界定为事件的句法（syntagmatic）安排，他写道："第二个概念称作'序列'（séquence），它由几个命题组成……它给读者的印象是一种完成的整体、一则故事、一件轶事。"① (57) 和

---

① ［法］茨维坦·托多罗夫：《诗学》（"Poétique"），133。【此处所引系法语原文。采沈一民、万小器中译文，见赵毅衡编选：《符号学文学论文集》，224 页，天津，百花文艺出版社，2004。——译者注】

(58) 传达了那种印象，而（53）～（56）则没有。显然，我们很容易就能精确指出造成（53）～（56）与（57）、(58) 之间的差异的至少一个原因。在后一组中，很明显第三个事件是第一个事件的逆转（inverse），而在前一组中，情况不是如此。①

现在我们可以把最小故事定义为由三个事件构成，其中第三个事件是第一个事件的逆转。三个事件以下列方式结合起来：（a）第一个事件在时间上先于第二个事件，而第二个事件又先于第三个事件；(b) 第二个事件导致了第三个事件。

1.2.3.1

关于特定的故事集的很多详尽研究显示，一个事件的逆转是故事的最基本特征之一。例如普罗普和邓迪斯证明，在一个给定的民间故事中，如果有一个状态意味着某种性质的缺失，那么这一状态将由指示该缺失被消除的另一个状态所取代。② 同样，茨维坦·托多罗夫描述了薄伽丘《十日谈》故事中三个故事的结构，得出一个公式，清晰显示某个因素是另一因素的逆转：

$$Y \begin{cases} 损害 X \\ 有一个内在的缺点 \end{cases} + X 进攻 Y \rightarrow Y \begin{cases} 不再损害 X \\ 不再有这个缺点 \end{cases} ③$$

1.2.3.2

也许历史话语和呈现一个故事的话语之间最基本的差异在于：前者不需要其中的任何事件成为另一事件的逆转。例如，它可以是对事件按照编年顺序的单纯记录。当然，历史上经常有某个事件是另一事件的逆

---

① 注意，"逆转"（inverse）当然不能等同于"否定"（negative）。因此，在
(59) 星期二，他打了棒球；星期三，他没打棒球。
中，第二个事件不是第一个的逆转，而在
(60) 他很幸福，后来他很不幸。
中，第二个事件是第一个的逆转。

② 参见［苏］弗拉基米尔·普罗普：《民间故事形态学》（*Morphology of the Folktale*）和［美］阿兰·邓迪斯：《北美印第安民间故事形态学》（*The Morphology of North American Indian Folktales*）。

③ ［法］茨维坦·托多罗夫：《诗学》（"Poétique"），133-135。【此处所引系法语原文。采沈一民、万小器中译文，见赵毅衡编选：《符号学文学论文集》，226 页，天津，百花文艺出版社，2004。——译者注】

转，希望使历史富有意味或令人兴奋的历史学家经常强调这些逆转：他讲述关于拿破仑的故事、普法战争的故事、第三帝国的故事。同样地，故事讲述者也经常选择不强调故事中的某个事件是另一事件的逆转，以造成其故事不是虚构而是历史这样一种印象。

1.2.4

并非任何第三个事件是第一个事件的逆转、并以下列方式结合起来的三个事件都构成故事：(a) 第一个事件在时间上先于第二个事件，而第二个事件又先于第三个事件；(b) 第二个事件导致了第三个事件。看下面的例子：

(61) 他打开门，然后他看见玛丽，然后，作为结果，他关上门。

(62) 他往前移动，然后他很快乐，然后，作为结果，他往后退去。

(63) 他很快乐，然后他穿红衣，然后作为结果，他很不快乐。

(64) 他很不快乐，然后他遇到一个女人，然后，作为结果，他很快乐。

(65) 他很富有，然后他失去很多钱，然后，作为结果，他很贫穷。

在上述例子中，仅有 (64) 和 (65) 能被直觉地确认为故事。也只有在这两例中，第一个和第三个事件描述了状态，而第二个事件描述了动作。

1.2.4.1

从现在开始，我将把任何描述一个状态的事件称作"**状态性**"(stative) 事件，而把任何描述一个动作的事件称为"**行动性**"(active) 事件。在1.0中，我把故事中的事件定义为那一故事中任何可以被表述为一个句子的部分。现在我将把故事中的状态性事件定义为那一故事中任何可被表述为一个状态性句子的部分，后者不能用下列形式的句子加以释义："NP's V-ing NP Aux 是一个动作。"①

---

① 关于这一问题，参见［美］艾林·F·普林斯：《"是"：共时与历时研究》("Be-ing: A Synchronic and Diachronic Study")，见《转换与话语分析论文集》(*Transformations and Discourse Analysis Papers*)，no. 81 (University of Pennsylvania, 1970)。【"NP's V-ing NP Aux" 表示"名词性短语的动名词形式"。——译者注】

第一章 最小故事

根据我的定义，

(66) 约翰很幸福。

和

(67) 约翰拥有很多钱。

都是状态性句子，因为（66）不能用

(68) 约翰的幸福是一个动作。

加以释义，而（67）也不能用

(69) 约翰的拥有很多钱是一个动作。

加以释义。在一个给定故事中，（66）和（67）都呈现一个状态性事件。相反，

(70) 约翰吃了个苹果。

和

(71) 约翰听了这段音乐。

都是行动性句子，因为（70）可以用

(72) 约翰吃苹果是一个动作。

加以释义，而（71）可以用

(73) 约翰听音乐是一个动作。

加以释义。在一个给定故事中，（70）和（71）均呈现一个行动性事件。

1.2.4.2

看下面的例子：

(74) 约翰伤害了彼得的哥哥；然后彼得很生气；然后，作为结果，彼得伤害了约翰的哥哥。

(74) 当然可以被视为一个故事，它与（64）及（65）有很多共同特点——其事件以下列方式结合起来：(a) 第一个事件在时间上先于第二个事件，而第二个事件先于第三个事件；(b) 第二个事件导致了第三个事件。另外，第三个事件是第一个事件的逆转。但是，与我们从（64）和（65）中所看到的不同，（74）的第一个事件和第三个事件是行动性事件，而第二个事件是状态性的。这是否意味着一个最小故事要么由这样的三个事件构成——其中第一个事件和第三个事件是状态性事

件，而第二个事件是行动性的；要么由这样的三个事件构成——其中第一个事件和第三个事件是行动性事件，而第二个事件是状态性的？回答是否定的，因为（74）不是一个最小故事。它是这样一个故事：其中确实表达了三个事件，但它不是一个"三事件"故事，因为我们能够指出其事件中有一些被归零（zeroed）了。（74）仅仅是下面这一非最小故事的转化：

（75）约翰伤害了彼得的哥哥，然后，作为结果，彼得的哥哥成为约翰的受害者；然后彼得很生气；然后，作为结果，彼得伤害了约翰的哥哥，然后，作为结果，约翰的哥哥成为彼得的受害者。①

注意，与（74）类型相同的任何故事，都可以被呈现为一个"非最小"故事，而对于与（64）或（65）类型相同的任何故事，情况却不是如此。还要注意最小故事中两个状态性事件的出现，这使我们更为直觉地认同托多罗夫关于故事的如下表述："故事中一个平衡向另一个平衡过渡，就构成一个最小的完整情节。"②

1.2.5

一个最小故事由三个相结合的事件构成。第一个事件和第三个事件是状态性的，第二个事件是行动性的。另外，第三个事件是第一个事件的逆转。最后，三个事件由三个连接成分以下列方式结合起来：（a）第一个事件在时间上先于第二个事件，而第二个事件先于第三个事件；（b）第二个事件导致了第三个事件。

1.3

正如可以建立一套英语语法来解释所有英语句子且仅仅是英语句子

---

① 关于归零和归零转换的讨论，参见 3.3~3.3.2 及 3.6。
② ［法］茨维坦·托多罗夫：《叙事的语法》（"La Grammaire du récit"），96。【此处所引系法语原文，中译参黄建民译《从〈十日谈〉看叙事作品语法》，收入张寅德编选《叙述学研究》，180 页，北京，中国社会科学出版社，1989。——译者注】

第一章　最小故事

的结构，也可以建立一套语法来解释所有最小故事且仅仅是最小故事的结构。① 这个语法将由一套以秩序化的规则相互联系起来的符号组成，每个规则都是 X→Y（读作：把 X 改写为 Y）形式，而且一次只运用一个规则。规则服从下列限制：（a）任何单一规则中，仅仅一个符号被改写；（b）被改写的符号和替换线索不能阙如（null）；（c）被改写的符号和替换线索不能相同；（d）不可以用 A→A+B（或 A→B+A）这种形式的规则。

为简洁性和较易掌握规则起见，我将用下面一套符号：

M St	=最小故事（minimal story）
E	=事件（event）
E stat	=状态性事件（stative event）
E act	=行动性事件（active event）
In E stat	=初始状态性事件（initial initial event）
In E stat^{-1}	=初始状态性事件的逆转（inverse of initial stative event）
S stat	=状态性句子（stative sentence）
S stat^{-1}	=状态性句子的逆转（inverse of stative sentence）
S act	=行动性句子（active sentence）
CCL	=连接成分的组群（cluster of conjunctive features），它表示两个事件由一个或更多的连接成分结合起来
CF	=连接成分（conjunctive features）
CF$_t$	=连接成分，它指示两个事件被以此种方式结合起来：第一个事件在时间上先于第二个事件②
CF$_c$	=连接成分，它指示两个事件被以此种方式结合起来：

---

① 在建构自己的语法的过程中，我借鉴了［美］诺姆·乔姆斯基：《句法结构》(*Syntactic Structures*)；《论"语法规则"的概念》("On the Notion. 'Rule of Grammar'")，6-24；《句法转换分析方法》("A Transformational Approach to Syntax")，124-158。［美］艾蒙·巴赫：《转换语法导论》(*An Introduction to Transformational Grammars*)。［美］保罗·珀斯塔：《结构成分：当代句法描述模式研究》(*Constituent Structure: A Study of Contemporary Models of Syntactic Description*)。除非加诸短语结构规则上的限制不适用。

② 下标的 t 表示时间（time）。——译者注

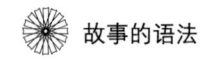

第一个事件导致第二个事件①

CT_t　　＝指示编年顺序的连接性词语

CT_c　　＝指示因果关系的连接性词语

字符"＋"表示一连串的多种符号的衔接，当不会引起混淆的时候就隐藏起来。

括号用来括起任意选择的条目。对于以下两条规则：

A→B

A→B＋C

（而不是 A→C）

我们可以写作：

A→B（C）

如果一个符号有多个备选成分，在某次单独运用规则时只会选择其中一个，我们就把这些成分垂直地列在大括号中。这样，对于三个规则：

A→B

A→C

A→D

我们可以写作：

$$A \to \begin{Bmatrix} B \\ C \\ D \end{Bmatrix}$$

如果我们希望某个可替换物仅仅适用于特定文本中的特定非终端符号（nonterminal symbol）（出现于箭头左侧的符号），我们可以用适当规则加以规定。例如，如果 A 仅当处于任意给定的符号串中的初始位置时可以被改写作 B，我们就有如下规则：

A→B/#－－

如果 A 仅当处于任意给定的符号串中的终端位置时可以被改写作 B，我

---

① 下标的 c 表示因果（causal）。——译者注

们就有如下规则：

$$A \rightarrow B/\text{--}^{\#}$$

如果 A 仅当不先于 C 或者不紧跟在 C 后面时可以被改写作 B，我们就有如下规则：

$$A \rightarrow B/C+\cdots+\text{--}$$

在上述所有情况下，--表示特定的可替换物允许出现的位置。

1.4

下面是组成最小故事的语法的规则：

1. M St→E+CCL+E+CCL+E

2. E→$\begin{cases} \text{E stat} / \,^{\#}\text{--} \\ \text{E stat} / \text{--}^{\#} \\ \text{E act} \end{cases}$

3. E stat→$\begin{cases} \text{In E stat} / \,^{\#}\text{--} \\ \text{In E stat}^{-1} \end{cases}$

4. CCL→$\begin{cases} \text{CF} / \text{In E stat}+\text{--} \\ \text{CF}+\text{CF} \end{cases}$

5. CF→$\begin{cases} \text{CF}_t/\text{--}+\cdots+\text{In E stat}^{-1} \\ \text{CF}_c \end{cases}$

6. In E stat→S stat

7. E act→S act

8. In E stat^{-1}→S stat^{-1}

9. CF_t→CT_t

10. CF_c→CT_c

11. S stat→$\begin{cases} \text{约翰很幸福} \\ \text{约翰很富有} \\ \text{约翰很不幸福} \\ \cdots\cdots\cdots \end{cases}$

故事的语法

12. S act → { 约翰遇到一个女人 / 约翰失去一大笔钱 / …… }

13. S stat⁻¹ → { 约翰很不幸福/约翰很幸福+…+-- / 约翰很贫穷/约翰很富有+…+-- / 约翰很幸福/约翰很不幸福+…+-- / …… }

14. CT_t → 然后（后来）

15. CT_c → 作为结果①

如果我们运用这些规则，我们就得到下面这个最小故事：

(76) 约翰很幸福，后来，约翰遇到一个女人，后来，作为结果，约翰很不幸福。

的一个派生物。派生物每一行右侧的数字指的是从每个前一行构建出该行时所运用的语法规则。

(77) M St

E+CCL+E+CCL+E	(1)
E stat+CCL+E+CCL+E	(2)
E stat+CCL+E+CCL+E stat	(2)
E stat+CCL+E act+CCL+E stat	(2)
In E stat+CCL+E act+CCL+E stat	(3)
In E stat+CCL+E act+CCL+In E stat⁻¹	(3)
In E stat+CF+E act+CCL+In E stat⁻¹	(4)
In E stat+CF+E act+CF+CF+In E stat⁻¹	(4)
In E stat+CF_t+E act+CF+CF+In E stat⁻¹	(5)
In E stat+CF_t+E act+CF_t+CF+In E stat⁻¹	(5)
In E stat+CF_t+E act+CF_t+CF_c+In E stat⁻¹	(5)
S stat+CF_t+E act+CF_t+CF_c+In E stat⁻¹	(6)

---

① 规则 6～15 可以称为"表达规则"，也就是说，它们描述了任意最小故事如何能够通过语言被表述出来。

$$S\ stat+CF_t+S\ act+CF_t+CF_c+In\ E\ stat^{-1} \qquad (7)$$

$$S\ stat+CF_t+S\ act+CF_t+CF_c+S\ stat^{-1} \qquad (8)$$

$$S\ stat+CT_t+S\ act+CF_t+CF_c+S\ stat^{-1} \qquad (9)$$

$$S\ stat+CT_t+S\ act+CT_t+CF_c+S\ stat^{-1} \qquad (9)$$

$$S\ stat+CT_t+S\ act+CT_t+CT_c+S\ stat^{-1} \qquad (10)$$

约翰很幸福$+CT_t+S\ act+CT_t+CT_c+S\ stat^{-1}$ (11)

约翰很幸福$+CT_t+$约翰遇到一个女人$+CT_t+CT_c+S\ stat^{-1}$ (12)

约翰很幸福$+CT_t+$约翰遇到一个女人$+CT_t+CT_c+$约翰很不幸福 (13)

约翰很幸福+后来+约翰遇到一个女人$+CT_t+CT_c+$约翰很不幸福 (14)

约翰很幸福+后来+约翰遇到一个女人+后来$+CT_c+$约翰很不幸福 (14)

约翰很幸福+后来+约翰遇到一个女人+后来+作为结果+约翰很不幸福 (15)

我们可以把（77）这一派生物用树形图（78）来表示（见下页），它虽不能告诉我们（77）中是以何种顺序使用了诸规则，但它将保留（77）中决定（76）这个最小故事的结构的最重要的东西。

注意，通过运用语法的第1～15条规则，我们不仅可以得到（76）的派生物，而且可以得到下面诸故事的派生物：

（79）约翰很幸福，后来他失去很多钱，后来，作为结果，约翰很不幸福。

（80）约翰很富有，后来约翰遇到一个女人，后来，作为结果，约翰很贫穷。

（81）约翰很富有，后来约翰失去很多钱，后来，作为结果，约翰很贫穷。

（82）约翰很不幸福，后来约翰遇到一个女人，后来，作为结果，约翰很幸福。

（83）约翰很不幸福，后来约翰失去很多钱，后来，作为结果，约

故事的语法

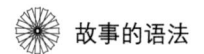

翰很幸福。

当然，每一个派生物也都可以用类似于（78）那样的树形图来表示，除了终端符号——所有的最小故事都有着相同的结构。

还要注意，如果在规则 11~13 中，S stat、S act 和 S stat^{-1} 可以被以 x 种方法改写，那么我们就可以得到 x^2 个最小故事的派生物。事实上，适当的表达规则可以使我们能够得到所有最小故事且仅仅是最小故事的派生物。

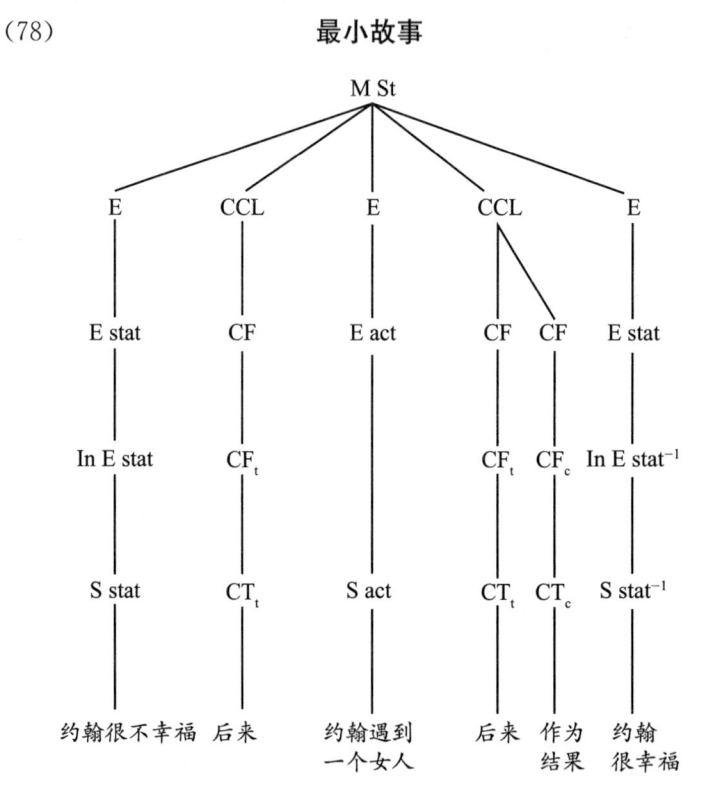

(78)　　　　　　　　　**最小故事**

```
                           M St
         ┌──────┬──────┬──────┬──────┐
         E     CCL     E     CCL     E
         │      │      │    ┌─┴─┐    │
      E stat   CF    E act  CF  CF  E stat
         │      │      │     │   │    │
      In E stat CF_t         CF_t CF_c In E stat^{-1}
         │      │      │     │   │    │
       S stat  CT_t   S act CT_t CT_c S stat^{-1}
         │      │      │     │   │    │
      约翰很不幸福 后来  约翰遇到 后来 作为 约翰
                       一个女人     结果 很幸福
```

32

第二章　核心简单故事

2.0

每个最小故事都是一个故事，但并非所有故事都是最小故事。看下面的例子：

（1）约翰很富有，后来约翰很贫穷，后来他努力工作，后来，作为结果，他很富有。

（2）约翰很幸福，而且约翰很富有，而且约翰很英俊，后来他遇到一个女人，后来，作为结果，他很不幸福。

（3）太阳朗照着，而鸟儿们唱着，而棉花长得很高，而约翰很幸福。后来，太阳落下去。后来，作为结果，约翰很不幸福。

（4）约翰很幸福，但是后来他应征入伍，后来，作为结果，他很不幸福。

（5）约翰爱玛丽，但是后来他遇到了琼，后来，作为结果，他很嫌恶玛丽。

（1）～（5）都构成故事。不过它们不是最小故事，因为（1）中呈现了四个事件，（2）中呈现了五个事件，（3）中呈现了六个事件，而

故事的语法

(4) 中的诸事件是由四个连接成分结合起来的, (5) 中也是如此。

(1) ～ (5) 每一个都包含一个最小故事。在 (1) ～ (5) 中, 我们分别发现有 (6) ～ (10) 这几个最小故事:

(6) 约翰很贫穷, 后来他工作非常努力, 后来, 作为结果, 他很富有。

(7) 约翰很幸福, 后来他遇到一个女人, 后来, 作为结果, 他很不幸福。

(8) 约翰很幸福, 后来太阳落下, 后来, 作为结果, 约翰很不幸福。

(9) 约翰很幸福, 后来他应征入伍, 后来, 作为结果, 他很不幸福。

(10) 约翰爱玛丽, 后来他遇到了琼, 后来, 作为结果, 他嫌恶玛丽。

另一方面, (1) ～ (5) 不包含一个以上 (如, 两个) 的最小故事, 而 (11) 和 (12) 则包含一个以上最小故事:

(11) 约翰很富有, 而琼很贫穷。后来琼挣了很多钱, 后来, 作为结果, 她很富有。后来, 约翰失去很多钱, 后来, 作为结果, 他很贫穷。

(12) 约翰爱琼。琼很漂亮, 后来她遭遇了一场可怕的事故, 后来, 作为结果, 她很丑。后来, 约翰发现她已经变丑, 后来, 作为结果, 他嫌恶她。①

(1) ～ (5) 还有至少一个共同特征。从现在起, 如果我把任一系列事件当作空间—时间顺序的, 前提是该系列不存在哪个事件在时间上先于另一事件却被置于那一事件之后的情况, 那么 (1) ～ (5) 中的各事件就都是空间—时间顺序的。而 (13) 和 (14) 中的事件却不是:

(13) 约翰遇到一个女人, 后来, 作为结果, 他很不幸福。过去他很幸福。

(14) 约翰吃了一个魔法苹果, 后来, 作为结果, 他很富有。过去

---

① 关于包含一个以上最小故事的故事的讨论, 见第四章。

他很贫穷。①

我将把任何符合下列特征的故事称为**"核心简单故事"**（kernel simple story）：其中的事件是空间—时间顺序的，而且它包含不超过一个最小故事。根据这一定义，（1）～（5）都是核心简单故事，（6）～（10）也都是。

2.1

一个最小故事由三个相结合的事件构成，因此一个核心简单故事不能由少于三个的相结合的事件构成。如果说构成核心简单故事所必需的事件数目存在这样一个最低限度，那么是否有最高限度呢？看下面的核心简单故事：

（15）飞鸟翔空，而鱼在畅游，约翰很开心。后来他看到一棵死树，然后，作为结果，他很不开心。

假设在（15）的第一个事件——飞鸟翔空——之前，我们先介绍一系列由"而"（"和"、"并且"）结合起来的 n 个事件，由"而"将第 n 个事件与"飞鸟翔空"结合起来，我们就会有：

（16）太阳朗照着，而花儿很美，而……，而第 n 个事件，而飞鸟翔空，而鱼在畅游，约翰很开心。后来他看到一棵死树，然后，作为结果，他很不开心。

（16）将构成一个核心简单故事，因为其 n 个事件是以空间—时间为顺序的，且包含的最小故事不超过一个。因此核心简单故事可以由 n 个相结合的事件构成，此处 n$\geq$3。

2.1.1

在构成一个核心简单故事的 n 个相结合事件中，有三个而且仅仅三

---

① 关于其事件不是以空间—时间为序的故事的讨论，见第三章。

个构成一个最小故事。我把这三个事件称为**"叙事性事件"**（narrative events）。例如在（16）中：

（17）约翰很开心。

（18）他看到一棵死树。

（19）他很不开心。

都是叙事性事件，而其他所有事件均不是。

在一个特定故事中，叙事性和非叙事性事件之间的比例当然很重要，因为它影响其叙事性程度（degree of narrativity）。例如，看下列例子：

（20）约翰很富有，而且他很幸福，后来他遇到一个女人，后来，作为结果，他很不幸福。

（21）约翰很富有，而且他很英俊，他还很智慧，并且他很幸福。相反，玛丽很贫穷，而且她很丑，她又很愚蠢，并且她很不幸福。有一天，约翰遇到玛丽，后来，作为结果，他很不幸福。

（20）由四个相结合的事件组成，其中三个是叙事；它比（21）有更高程度的叙事性，后者由十个相结合的事件组成，其中三个是叙事。有些故事的叙事性如此低，以至于很难认为它是故事。相反，例如最小故事，尽管通常十分琐屑，却可能有着最高程度的叙事性。

2.1.2

如果说一个核心简单叙事可以像（16）那样拥有 n 个相结合的状态性事件，那么它也就可以像下例这样拥有 n 个相结合的行动性事件：

（22）约翰吃了个香蕉，然后他吃了个梨，然后……，然后第 n 个行动性事件，而且他很幸福。后来他病了，然后，作为结果，他很不幸福。

在一个核心简单故事中，可以有 n 个状态性事件或行动性事件在时间上先于第一个叙事性事件，如：

（23）太阳升起来了，然后鸟儿们唱起来，然后……，然后第 n 个事件。然后约翰出门，而且他感觉很幸福。后来他遇到了玛丽，然后，

第二章　核心简单故事

作为结果，他感觉很不幸福。
或者可以在时间上后于最后一个叙事性事件，如：

（24）约翰很幸福，后来他遇到了玛丽，然后，作为结果，他很不幸福。后来他吃了根香肠，然后他吃了另一根香肠，然后……，然后第n个事件。

或者，还可以在时间上后于第一个叙事性事件，而先于第二个叙事性事件：

（25）约翰很幸福，后来他吃了根香肠，然后他吃了另一根香肠，然后……，然后第n个事件。后来他遇到了玛丽，然后，作为结果，他很不幸福。

然而，任何事件都不能在时间上后于第二个叙事性事件，同时又先于第三个：因为第二个叙事性事件导致了第三个，如果它发生在一个结束于时刻Ⅰ的时间段中，那么第三个事件就发生在一个自时刻Ⅰ开始的时间段中。①

此外，我还要对核心简单故事加以进一步的限制。如果n个事件与第一个叙事性事件发生于同一时间，那么它们可能在它之前出现，像在（16）中那样，也可能在它之后出现，像在下面的（26）中那样：

（26）约翰很幸福，而太阳在朗照，而且鸟儿在歌唱，而且……，而且第n个事件。后来他看见玛丽，然后，作为结果，他很不幸福。

或者有一些在它之前出现，而有一些又在它之后出现：

（27）太阳在朗照，而鸟儿在歌唱，而且……，而约翰很幸福，且整个世界都很美，而……，而第n个事件。后来约翰看见玛丽，然后，作为结果，他很不幸福。

不过，如果有n个事件与第二个叙事性事件发生于同一时间，那么它们只可能先于它出现；如果有n个事件与最后一个叙事性事件发生于同一时间，那么它们只可能后于它出现。这样，

（28）约翰很不幸福。唯一能使他幸福的事情是看见一只死鸽子。

---

① 此处我遵循了［英］C. J. 杜卡斯：《真理、知识与因果关系》（*Truth, Knowledge and Causation*, London, 1968）。

有一天，他听到一只麻雀叫，还看见一只死鸽子。然后，作为结果，他很幸福。

和

(29) 约翰很不幸福，后来他遇到玛丽，然后，作为结果，他很幸福，尽管天气很热而且下着雨。

构成核心简单故事，而

(30) 约翰很不幸福。唯一能使他幸福的事情是看见一只死鸽子。一天，他看见一只死鸽子还听到一只麻雀叫。然后，作为结果，他很幸福。

和

(31) 约翰很不幸福，后来他遇到玛丽，然后，作为结果，尽管天气很热且下着雨，他还是很幸福。

就不能构成核心简单故事。

2.1.2.1

任何故事中都可能有 n 个行动性事件和 n 个状态性事件。一个故事中行动性和状态性事件的比例，显然是该故事的一个重要特征。例如，很明显，如果一个故事中多数事件都是状态性的，那么比起多数事件都是行动性事件的另一个故事来，前者就更为静态，更少动态。现实主义小说中存在着对于环境和人物的详细描绘，而浪漫主义小说中地方色彩极为重要，可以用 50 页甚至更多的篇幅来描写君士坦丁堡或圣母院，它们都比冒险故事更为静态化。在冒险故事中，描写保持最小化，主要是各种有关人物的行动。同样地，米奇·斯皮兰的现代侦破小说比阿加莎·克里斯蒂或 S·S·范·达因的古典侦探故事更为动态化。[①]

[①] 米奇·斯皮兰（Mickey Spillane, 1918—2006），本名弗兰克·莫里森·斯皮兰（Frank Morrison Spillane），美国编剧、作家，塑造过以冷酷著称的私人侦探迈克·哈默（Mike Hammer）。阿加莎·克里斯蒂（Agatha Christie, 1890—1976），英国著名女侦探小说家、剧作家。代表作品有《东方快车谋杀案》和《尼罗河上的惨案》等。S·S·范·达因（S. S. Van Dine, 1888—1939），原名威拉得·亨廷顿·莱特（Willard Huntington Wright），美国作家，其代表作《菲洛·万斯探案集》创造了红极一时的名侦探菲洛·万斯这一形象，被誉为美国推理小说之父。——译者注

第二章　核心简单故事

　　另外，状态性事件和行动性事件在特定故事或故事组中的分布方式，无疑有助于将它与其他故事或故事组区分开来。在某些故事中，始终保持着状态性事件和行动性事件的平衡。在另一些故事中却相反，状态性事件或行动性事件，显然在某些部分中居优势地位。例如在很多小说中，最初章节至少在一个方面与其他大多数甚至是全部章节相区别：它主要由相结合的状态性事件构成，因为它主要被用于说明（exposition），用来为读者提供关于人物及其生活环境的背景信息。有时，小说的说明性章节可能构成小说非常大的一部分，如在巴尔扎克的某些作品中。相比而言，后面的部分更加动态。当然，有些小说，例如萨特的《理智之年》①，则没有任何说明性章节。

2.2

　　为了结合两个事件，必需的连接成分不多于一个；为了结合三个事件，必需的连接成分不多于两个；为了连接四个事件，必需的连接成分不多于三个；为了连接 n 个事件，必需的连接成分不多于 n−1 个。因为在故事的过程中，至少有一次是两个事件必须由两个（而不是一个）连接成分结合起来——第一个指示着事件处于编年顺序中，第二个指示着一个事件导致了另一个事件。可以说，在由 n 个相结合的事件构成的核心简单故事中，我们至少会发现 n 个连接成分。

　　在最小故事中，仅有两类连接成分，一类指出三个事件处于编年顺序中，另一类则指示第二个事件导致了第三个事件。在核心简单故事中，当然有可能发现两类以上的连接成分。这样，在下面这个核心简单故事中，第一个连接成分既不指示第一、二两个事件处于时间顺序中，也不指示第一个事件导致第二个事件。

---

① 《理智之年》(*L'Age de raison*)，法国文学家、哲学家让-保罗·萨特（Jean-Paul Sartre, 1905—1980）的小说，发表于 1945 年。与《缓期执行》（1945）、《心如死灰》（1949）合起来构成"自由三部曲"。——译者注

（32）约翰很年轻，但他很不幸福，后来他遇到一个女人，然后，作为结果，他很幸福。

（33）约翰很幸福，尽管他很贫寒，后来他遇到一个女人，然后，作为结果，他很不幸福。

事实上，在一个核心简单故事中可能存在任何这样的连接成分：它们并不暗示两个事件是以一种与空间—时间顺序相左的方式结合起来的。例如，在特定的核心简单故事中我们可以发现：

（34）约翰很年轻，而且他很不幸福。

（35）约翰很不幸福，因而他很龌龊。

（36）约翰很不幸福，尽管他很富有。

（37）约翰很年轻，但是他很穷。

（38）约翰很富有，后来他很穷。

（39）当喝酒的时候，约翰很幸福。

但不会发现：

（40）约翰吃了个苹果，在他喝完酒后。

因为在（40）中，一个连接成分以与空间—时间顺序相矛盾的方式结合了两个事件。

在最小故事中，两个事件之间的因果关系必然伴随着编年关系（见1.2.2.2）。在核心简单故事中却不是这样。后者中可能出现仅仅由因果关系结合起来的两个事件：

（41）约翰是个教授，因此他是个傻瓜。

（42）约翰很智慧，因为他是法国人。

2.2.1

在一个核心简单故事中，某些连接成分指示两个相结合事件属于不同的时间序列：

（43）约翰吃了个香蕉，然后他吃了个梨。

而另一些则指示两个相结合事件属于同一时间序列：

（44）约翰很年轻，而且他很英俊。

任何一组属于同一时间序列的相结合事件，都构成一个情节段

(episode)。下面这个例子中有四个事件,但只有三个情节段:

(45) 约翰很幸福,而且他很富有,后来他遇到一个女人,然后,作为结果,他很不幸福。

下面这个例子中则有六个事件,但仅有四个情节段:

(46) 约翰很幸福,而且他很富有,并很英俊,后来他遇到一个女人,后来他被她羞辱了,然后,作为结果,他很不幸福。

因此我们可以说,一个核心简单故事由 n 个相结合情节段构成,此处 n≥3,且每个情节段都由一个或一个以上的事件构成。

任何包括一个叙事性事件的情节段都是一个叙事性情节段。在(46)中,

(47) 约翰很幸福,而且他很富有,并很英俊。

构成一个叙事性情节段,而

(48) 他遇到一个女人。

则不构成叙事性情节段。显然,在一个核心简单故事中,可能有 n 个情节段在时间上先于第一个叙事性情节段,或者后于最后一个叙事性情节段,或者后于第一个同时又先于第二个叙事性情节段;不过没有哪个情节段可以在时间上后于第二个叙事性情节段同时先于第三个叙事性情节段。此外,没有哪个事件可以出现于第二叙事性情节段中的叙事性事件之后,或者第三叙事性情节段中的叙事性事件之前(见2.1.2)。

2.2.1.1

故事中情节段的数目相对容易确定。在任何故事中,如果"不改变原始的语义阐释中事件被提及的次序,其顺序就不能改变"①的话,那么诸事件就归属于不同情节段。相反,如果"无需改变其在原始语义阐释中被提及的次序,其顺序就可以被改变"的话,那么诸事件就是同一

---

① [美] 威廉·拉波夫、乔舒亚·瓦莱茨基:《叙事分析:个人经验的口述版本》("Narrative Analysis. Oral Versions of Personal Experience"),见《语言与视觉艺术论集》(*Essays on the Verbal and Visual Arts*),《美国人类学会年度春季会议会刊》(*Proceedings of the Annual Spring Meeting of the American Ethnological Society*,1966,21)。

情节段的组成部分。这样，在

(49) 他吃了个苹果，然后他吃了个梨。

和

(50) 约翰看见了玛丽并堕落了。

中都有两个情节段，而在

(51) 约翰很幸福，而且他很英俊。

(52) 玛丽很善良，她也很富有，她还很年轻。

(53) 他吃得很多但他喝得很少。①

中仅有一个情节段。

2.2.1.2

故事中情节段与事件的比例，显然是决定故事在时间上以何种步幅展开的因素之一。情节段的比例越大，故事向前运动得越快。此外，在给定的故事中，通过改变不同位置的情节段与事件的比例，故事讲述者将能够赋予故事以一种特别节奏，并能强调某些段落相对于其他一些段落更为重要。

2.2.1.3

组成一个情节段的相结合事件，必须全部是状态性的，或者全部是行动性的：

(54) 约翰很幸福，而且他很英俊。

(55) 约翰吃了个苹果，而比尔吃了个梨。

给定两个相结合事件，其中一个是状态性的，而另一个是行动性的，那么我们面对的将是两个情节段：

(56) 约翰正在睡觉，这时比尔进来了。

(57) 约翰在吃饭，但玛丽打扰了他。

在 (56) 和 (57) 中，第一个事件的开端在时间上先于第二个事件

---

① 关于故事中的时间序列以及更一般的——关于叙事中的时间序列的详细研究，见威廉·拉波夫、乔舒亚·瓦莱茨基：《叙事分析：个人经验的口述版本》（"Narrative Analysis. Oral Versions of Personal Experience"），12-44。又参见 [法] 里斯托·托多罗夫：《逻辑与叙事时间》（"Logique et temps narratif"），载《社会科学信息》（*Information sur les Sciences Sociales*），VII, no. 6 (1968), 41-49。

的开端。因此，第一个和第二个事件就归属于不同的时间序列、不同的情节段。

2.2.2

在一个最小故事中，仅有一个连接成分的组群（cluster of conjunctive features）。在一个核心简单故事中，则可能有 n 个这样的组群，此处 n≥1。这样，在以下两个例子中，分别有两个、三个组群：

（58）约翰很富有，但后来他失去很多钱，然后，作为结果，他很贫穷。

（59）约翰很幸福可后来他变得很糟糕。但后来他遇到了玛丽，然后，作为结果，他重新幸福起来。

一个故事中连接成分的组群的比例，是促成该故事的独特性的重要因素之一。如果所有其他因素都相同，那么一个包含五个组群的故事，将获得比只包含两个组群的故事更大的凝聚性：

（60）约翰很糟糕，后来他赚了很多钱，然后，作为结果，他遇到了比尔，然后，作为结果，他去了德国，后来，作为结果，他有很多奇遇，后来，他遇到了玛丽，然后，作为结果，他很幸福。

（61）约翰很糟糕，后来他赚了很多钱，后来他遇到比尔，后来他去了德国，后来他有很多奇遇，后来，作为结果，他遇到玛丽，然后，作为结果，他很幸福。

（60）就比（61）更有凝聚性。这一点很久以前就为亚里士多德所注意，他对戏剧性情节（dramatic plot）（即整一化的，或紧密结合的情节）和史诗情节（即松散结合的情节）作出了区分。

故事中连接成分的组群的分布也很重要。一定的分布模式可以使故事的某些部分比另一些故事有更大的凝聚性。假设故事讲述者想要展示他的主人公的生活从无意义开始，然后渐渐变得越来越有意义，他部分地可以通过一开始回避组群、然后逐渐越来越多地引介组群来做到这一点。同样，一定的组群分布模式可以使故事中各种各样的情节段自身内部十分有凝聚性，但互相之间很少结合。史诗和冒险小说

故事的语法

中都是如此,在那里,主人公从一次历险过渡到与之联系很少的另一次历险。

当然,一个故事中能够发现的连接成分及其组群的种类也是该故事的另一个典型特征,它为故事的分类提供了有用工具。在冒险叙事中,指示事件编年关系的连接成分是大量的。因为有诸如巴尔扎克、梅瑞迪斯和詹姆斯这样一些作家的小说①,19世纪成为事件间逻辑关系大量存在的时期。而在20世纪,允许故事讲述者不以时间式或逻辑式、而以联想式展开其作品的连接成分方面达到了罕见的高峰,例如在弗吉尼亚·伍尔夫②的长篇小说中。

2.3

1.4所建立起来的语法,可以解释最小故事的结构,但不能解释核心简单故事的结构。不过,如果为它补充一些特定规则并对其他一些规则加以修正,将会构成一个能够解释所有核心简单故事而且只解释核心简单故事的新语法。就像最小故事的语法一样,这个语法也将由一套符号构成,符号之间由一套秩序化的规则联系起来,每条规则采取 X→Y 的形式,并遵从1.3中(a)～(d)的限制,而且一次仅仅使用一条规则。

规则的补充和/或修正,需要引入几个新符号,例如:

N Sec　　=叙事性片断(narrative section)③

N ep　　　=叙事性情节段(narrative episode)

---

① 乔治·梅瑞迪斯(George Meredith,1828—1909),英国作家,代表作为小说《利己主义者》。亨利·詹姆斯(Henry James,1843—1916),美国作家,著有《梅茜所知道的》、《螺丝在拧紧》、《使节》等小说。——译者注

② 弗吉尼亚·伍尔夫(Virginia Woolf,1882—1941),英国女作家,意识流小说的重要代表人物。著有短篇小说《墙上的斑点》,长篇小说《戴洛维夫人》、《到灯塔去》、《雅各的房间》等。——译者注

③ N Sec条英文版阙如。因系下文规则中的新出现符号,应为遗漏。译者补入。按,N Sec(叙事性片断)指包含几个情节段和一个叙事性情节段的单位。——译者注

第二章 核心简单故事

ep　　　　＝情节段（episode）

Ne stat　　＝状态性叙事事件（narrative stative event）

Ne act　　 ＝行动性叙事事件（narrative act event）

等等。

2.4

组成核心简单故事的语法的规则如下：

1. St→N Sec＋CCL＋N Sec＋CCL＋N Sec

2. N Sec→$\begin{cases} \text{N ep（CCL＋Ep）/--\#} \\ \text{(Ep＋CCL) N ep} \end{cases}$

3. Ep→ep（CCL＋Ep'）

4. Ep'→Ep

5. CCL→$\begin{cases} CF_{t+} \text{ sub CCL/} \cdots +\text{N ep}+\cdots +\text{N ep}+\cdots \\ CF_t \text{ (sub CCL)} \end{cases}$

6. N ep→$\begin{cases} \text{(E stat＋sub CCL) Ne stat (sub CCL＋E stat) /} \\ --+\cdots+\text{N ep}+\cdots+\text{N ep} \\ \text{Ne stat (sub CCL＋E stat) /Ne stat}+\cdots+-- \\ \text{(E act＋sub CCL) Ne act} \end{cases}$

7. ep→$\begin{cases} \text{E stat} \\ \text{E act} \end{cases}$

8. E stat→e stat（sub CCL＋E'stat）

9. E'stat→E stat

10. E act→e act（sub CCL＋E'act）

11. E'act→E act

12. Ne stat→$\begin{cases} \text{In Ne stat/}--+\cdots+\text{Ne stat} \\ \text{In Ne stat}^{-1} \end{cases}$

13. sub CCL → $\begin{cases} CF_c \ (CF_n) \ /--+ \text{In Ne stat}^{-1} \\ (CF_c) \ CF_n \\ CF_c \end{cases}$

14. e stat → S stat

15. e act → S act

16. In Ne stat → NS stat

17. Ne act → S act

18. In Ne stat^{-1} → NS stat^{-1}

19. CF_t → CT_t

20. CF_c → CT_c

21. CF_n → CT_n

22. NS stat → $\begin{cases} 约翰很幸福 \\ 约翰很不幸福 \\ \cdots\cdots \end{cases}$

23. NS stat^{-1} → $\begin{bmatrix} 约翰很不幸福/约翰很幸福+\cdots+-- \\ 约翰很幸福/约翰很不幸福+\cdots+-- \\ \cdots\cdots \end{bmatrix}$

24. S stat → $\begin{cases} 太阳在朗照 \\ 鸟儿在歌唱 \\ 约翰很富有 \\ \cdots\cdots \end{cases}$

25. S act → $\begin{cases} 约翰遇到一个女人 \\ 约翰遇到比尔 \\ 约翰遇到玛丽 \\ \cdots\cdots \end{cases}$

26. CT_t → 然后（后来）

27. CT_c → 作为结果

第二章　核心简单故事

$$28. CT_n \rightarrow \begin{Bmatrix} 然而 \\ 尽管 \\ 且（而，又，并）\\ \cdots\cdots \end{Bmatrix} ①$$

---

① 对情节段或事件的简单结合来说，规则 3~4 与 8~11 的结构也许太繁琐了。例如：
(62) 约翰很幸福而且太阳在朗照而且鸟儿在歌唱。
可以用（简化的）下列树形图来表示：

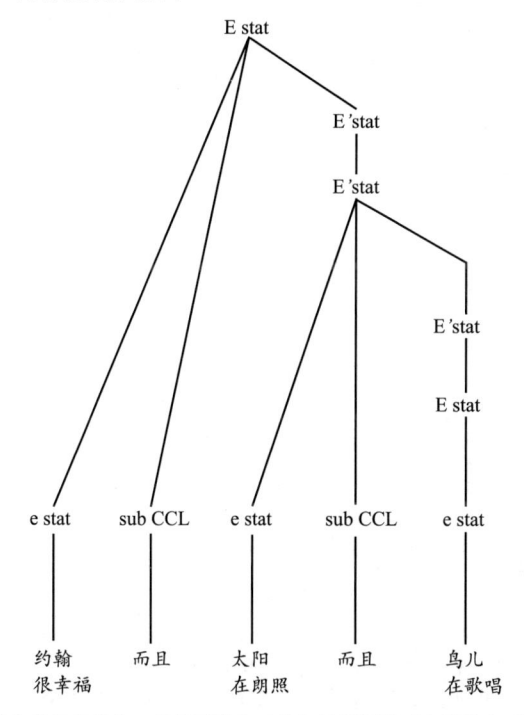

```
                    E stat
                   /      \
                  /      E′stat
                 /       /    \
                /       /    E′stat
               /       /     /    \
              /       /     /    E′stat
             /       /     /     /    \
            /       /     /     /    E stat
           /       /     /     /    /    \
      e stat  sub CCL  e stat  sub CCL  e stat
        |       |       |        |       |
       约翰    而且    太阳     而且    鸟儿
      很幸福          在朗照          在歌唱
```

考虑到某种较为简单的结构，我们可以修正我们的规则并引入转换规则（见 3.5 及 4.4），它们将顾及 n 个情节段或事件的结合。例如，如果规则 8~9 用规则
　　E stat→e stat（sub CCL＋e stat）
来代替，再引入转换规则
　　SA：of (a)：e stat＋sub CCL＋e stat
　　　　of (b)：e stat＋sub CCL＋e stat
　　SC：(1－2－3；4－5－6)→1－2－3－5－6
　　　　（此处 3＝4）
的话，新规则将使我们能够得到 (62)（我作了大幅简化）。顾及简单结构的另一方式是，通过用线索分析方法类推，把一个情节段或事件看作一条由某个情节段或事件的序列构成的线

47

故事的语法

52　　运用这些规则，我们可以得到下列核心简单故事的派生物：

（65）太阳在朗照，而鸟儿在歌唱，而且约翰很幸福，后来约翰遇到比尔，然后，作为结果，约翰遇到玛丽，后来，作为结果，约翰很不幸福。

53　　这一派生物可以用图表（66）表示。它保留了对确定（65）的结构而言最基本的东西。

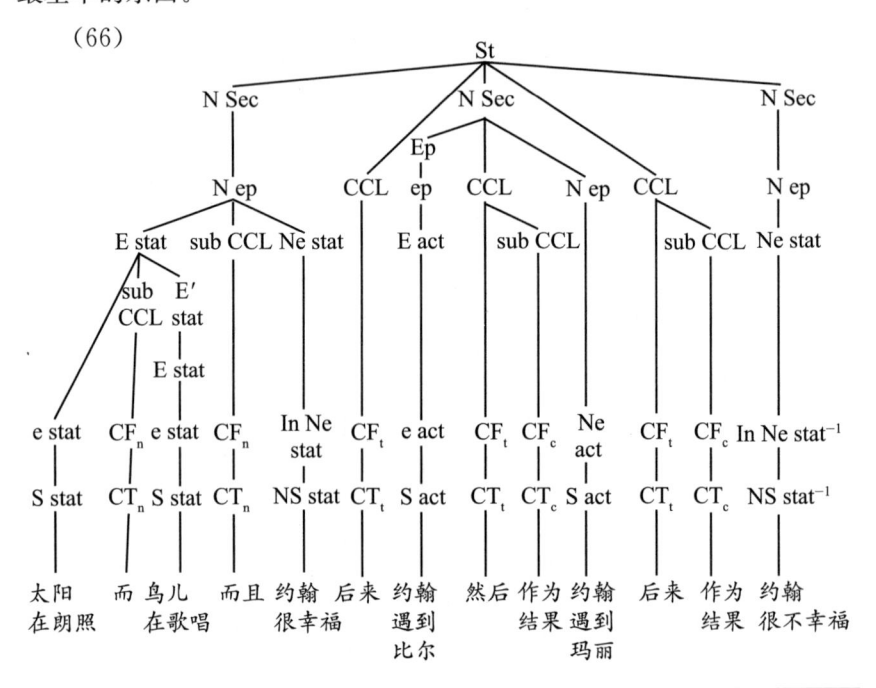

54　　（66）

```
                                    St
           ┌────────────────────────┼────────────────────────┐
         N Sec                    N Sec                    N Sec
           │                        │                        │
         N ep              ┌────────Ep────────┐            N ep
           │               │                  │              │
    ┌──────┼──────┐       CCL   ┌─────ep─────┐   CCL    ┌────┼────┐
  E stat sub CCL Ne stat         │            │        sub CCL  Ne stat
         │                      CCL  N ep    CCL
      sub  E′ stat               │     │      │
      CCL   │                    │     │      │
            E stat
```

e stat   CF$_n$ e stat CF$_n$ In Ne   CF$_t$ e act CF$_t$ CF$_c$ Ne   CF$_t$ CF$_c$ In Ne stat^{-1}
                                 stat   act
  │   │   │   │   │   │   │   │   │   │   │   │
S stat CT$_n$ S stat CT$_n$ NS stat CT$_t$ S act CT$_t$ CT$_c$ S act CT$_t$ CT$_c$ NS stat^{-1}
  │   │   │   │   │   │   │   │   │   │   │   │
太阳   而鸟儿   而且   约翰   后来   约翰   然后   作为   约翰   后来   作为   约翰
在朗照 在歌唱   很幸福   遇到   结果   遇到   结果   很不幸福
                                       比尔   玛丽

索的中心。线索上的其他情节段或事件也就被视为附属于这个中心。{关于线索分析的问题，见〔美〕泽里格·海里斯：《句子结构的线索分析》（*String Analysis of Sentence Structure*, Hague, 1967）。另参见〔美〕威廉·O·亨德里克斯：《语言学与文学文本的结构分析》（"Linguistics and the structural Analysis of Literary Texts"）；《论"超越句子"概念》（"On the Notion 'Beyond the Sentence'"）。} 不过两种可能性都会引发多个难题，并将使我们的语法大大复杂化。

　　该语法更严重的一系列缺陷在于它将把同样的结构派给像

　　（63）约翰很幸福而鸟儿在歌唱、太阳在朗照，然后约翰遇到玛丽，后来，作为结果，他很不幸福。

和

　　（64）约翰很幸福而鸟儿在歌唱因为太阳在朗照，后来遇到玛丽，然后，作为结果，他很幸福。

这样的故事。解决之道也许又一次有赖于修正某种重写规则并引入转换规则，或者用一种类似于线索分析的方法。

第二章 核心简单故事

需要注意，通过运用该语法的规则1~28，我们不仅可以得到（65）的派生物，而且可以得到

（67）约翰很幸福，后来约翰遇到比尔，后来，作为结果，约翰遇到玛丽，然后，作为结果，约翰很不幸福，而太阳在朗照，且鸟儿在歌唱。

（68）约翰很不幸福，而太阳在朗照且鸟儿在歌唱，后来约翰遇到比尔，然后，作为结果，约翰遇到玛丽，后来，作为结果，约翰很幸福。

（69）约翰很不幸福，后来约翰遇到比尔，然后约翰遇到玛丽，后来，作为结果，约翰很幸福。

等故事的派生物。当然，各种各样的派生物都应该用互不相同、也不同于（66）的树形图来表示：（65）、（67）、（68）和（69）有着不同的结构。

还要注意，运用规则1~28将产生1.4中的最小故事（76），它可以用树形图（70）来表示。

（70）

```
                    St
      ┌──────┬──────┼──────┬──────┐
    N Sec  CCL   N Sec   CCL    N Sec
      │     │     │    ┌──┴──┐    │
    N ep   │    N ep  sub CCL N ep
      │    │     │       │    │
    Ne stat│     │       │  Ne stat
      │    │     │       │    │
  In Ne stat CF_t Ne act CF_t CF_c In Ne stat⁻¹
      │    │     │       │    │    │
   NS stat CT_t S act   CT_t CT_c  S stat⁻¹
      │    │     │       │    │    │
   约翰很幸福 后来 约翰遇到 后来 作为 约翰
              一个女人      结果 很不
                                幸福
```

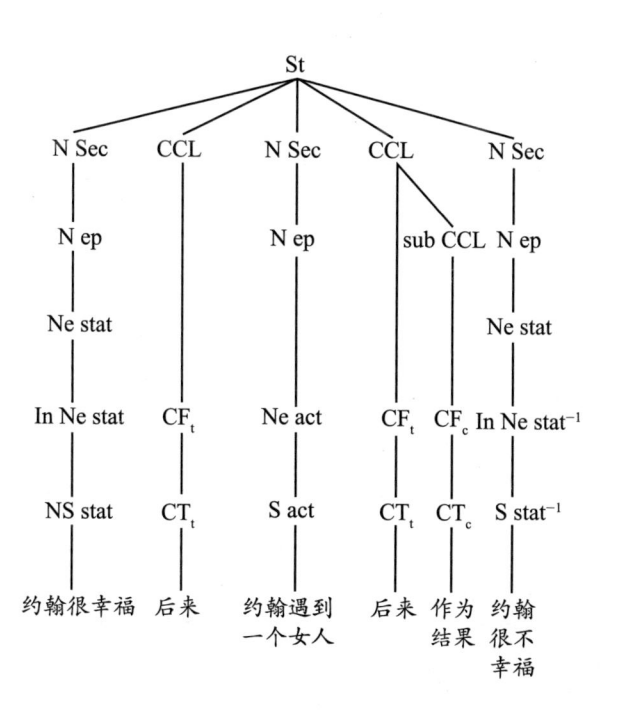

故事的语法

最后还要注意，尽管规则 1～28 自身不能解释所有故事的结构——因为它们不能解释非核心简单故事的结构，但是如果它们与另一套规则一起运用，就能解释非核心简单故事的结构：规则 1～28 构成我的故事语法的基本成分，从现在开始我将称这一成分为语法 G。

第三章 简单故事

3.0

语法 G 能够描述很多故事的结构,但却不能描述另外很多故事的结构。特别是,即使它能说明某核心简单故事 A 的结构,却仍有 A 的某些释义是它所不能说明的。这样,语法 G 能生发以下故事的结构:

(1) 约翰曾经很幸福,后来约翰遇到玛丽,然后,作为结果,约翰很不幸福。

(2) 约翰曾经很富有,后来约翰很穷,后来约翰努力工作,然后,作为结果,约翰很富有。

(3) 太阳朗照着,而约翰很幸福,后来太阳落下去,然后,作为结果,约翰很不幸福。

(4) 很久以前,陷入爱河能够治病。那时,约翰很富有但他病了。他多方求治却未能恢复健康。后来他陷入对玛丽的热恋,然后,作为结果,他健康了。

(5) 约翰很穷,后来他的叔叔死了,然后,作为结果,约翰继承了一笔遗产,然后,作为结果,约翰很富有。

故事的语法

(6) 约翰很幸福。后来他的妻子生了个漂亮的宝宝,而他的母亲去世了。然后,作为结果,约翰很不幸福。

相反,语法 G 不能生发(7)~(12)的结构,它们分别是(1)~(6)的释义:

(7) 约翰遇到玛丽,然后,作为结果,约翰很不幸福。在约翰遇到玛丽之前,约翰曾经很幸福。

(8) 约翰很穷。在他变穷以前,约翰曾经很富有。在他穷困之后,约翰努力工作,然后,作为结果,约翰很富有。

(9) 太阳朗照着而约翰很幸福。后来约翰不幸福,因为太阳落下去了。

(10) 很久很久以前,陷入爱河可以治病。那时,约翰很富有但他病了。他多方求医但没能恢复健康。后来他陷入对玛丽的热恋。

(11) 约翰很穷,后来他的叔叔去世,然后,作为结果,约翰继承了一笔遗产。

(12) 约翰很幸福。后来他的母亲去世而他的妻子生了个漂亮的宝宝。然后,作为其母亲之死的结果,约翰很不幸福。

3.1

(1)~(2)与(7)~(8)之间的基本区别在于,前者中的事件是时间顺序的,后者中的事件却不是时间顺序的。稍微换个说法,所谓的故事顺序在(1)~(2)中与时间顺序一致,在(7)~(8)中却不如此。①

3.1.1

故事顺序与时间顺序经常不一致。因此,故事讲述者们偏爱的手法

---

① 关于故事顺序与时间顺序的种种不同,除其他之外,可参见[法]茨维坦·托多罗夫:《文学理论》(*Théorie de la littérature*),263-307。

第三章　简单故事

之一就是闪回（flashback）：通过打断时间序列的一个联想过程，一系列发生于过去的事件，被嵌入发生于当前的另一系列事件中。另一个打破时间序列的常见手法是闪进（flash-forward），它可以被定义为闪回的对立面。通过运用闪回与闪进的手法，以及更普遍地通过不在时间序列中呈现事件，故事讲述者不仅能够造成不同情境的显著平行，或者为了反讽目的而揭示其主人公的未来，而且能够使他的故事发展模式多样化。《追忆似水年华》（*A la recherche du temps perdu*）之所以独特，最重要的原因之一在于普鲁斯特这部杰作的非正统的展开方式：它完全围绕一系列巧妙分布的闪回与闪进来组织。

故事顺序与时间顺序之间的关系，为各种故事组的分类提供了一个工具。例如，茨维坦·托多罗夫用这一关系来区分侦探小说的两种基本类型，即侦破小说（roman à mystère）与冒险小说（roman d'aventure）：

> 第一种情况是故事从开头几页就给出，但不能理解：一起犯罪活动几乎就在我们眼皮底下发生，但是我们既没有认出那些真正的警察，也没有识别那些真正的动机。案件调查在于不停地反复重现这些同样的事件，核实并修正最小的细节处，直至最后揭露出隐藏在开头故事下面的真相。另外一种情况是，没有谜团，也没有回溯过去：每个事件引发另外一个事件，并且我们赋予故事的趣味性不是来自对开头各个故事的揭露；但正是对这些故事结局的揭露控制着故事的悬念。①

3.1.2

故事顺序区别于时间顺序的方式，常常在一定程度上与故事讲述者的目标有关。这样，如果故事讲述者希望从他的故事中排除所有悬念，以更好地把听众兴趣集中于情节之外的其他方面，他就可以在导向结局的事件之前先把故事结局揭示出来。相反，如果讲述者因为这样那样的

---

① ［法］茨维坦·托多罗夫：《叙事的探寻》（"La Quête du récit"），208－209。又参见他的《叙事文学的分类》（"Les Catégories du récit littéraire"），140。

故事的语法

原因而希望使他的听众落空，他就可能不断引入这样一些事件：它们不是使他的故事向结局移动，而是使其向相反方向移动。这是很多反小说（anti-novels）所偏爱的技巧，例如约翰·巴思的《漂浮的歌剧》①。

3.1.3

故事顺序与时间顺序之间的差异的程度，似乎明显受到表达该故事所经由的媒介的影响。口头叙事远没有书面叙事那样经常地打破事件的时间序列，也许是因为，倘不如此，其听众就很难跟上故事的发展。②同样地，由动画手法讲述的故事，就比通过书面语言表达的故事保持着与时间序列更近的距离，这也许是因为电影中在时间上向前或向后很麻烦，还因为观众，特别是经验不多的观众，很难区别所谓的闪回与闪进。③ 注意到下面这一点是很有意义的：闪回很久以来就是一种普通的电影技巧，但闪进被引入电影当中却仅仅是晚近以来的事，而且在我看来，它不是很成功。④

3.1.3.1

需要注意，在通过语言表达的故事中，很难以严格时间顺序来呈现事件。就像茨维坦·托多罗夫所说：

> 从某种意义上说，叙事的时间是一种线性时间，而故事发生的时间则是立体的。在故事中，几个事件可以同时发生，但是话语必须把它们一件一件地叙述出来；一个复杂的形象就被投射到一条直线上。正因为如此，才有必要截断这些事件的"自然"接续，即使

---

① 《漂浮的歌剧》（*The Floating Opera*），美国当代小说家约翰·巴思（John Barth, 1930— ）的处女作。约翰·巴思因后现代主义和超小说的创作而成名。——译者注

② 需要注意，早期书面叙事较少打破时间顺序，因为它们仍然接近于口头传统。

③ 当然，除非是特别的日期被赋予不同的意义，例如，利用日历。

④ 在《佩图莉娅》和《射马记》这样的影片中，闪进明显失败了。【《佩图莉娅》（*Petulia*），英国影片，又名《芳菲何处》，改编自约翰·哈塞（John Hasse）的小说《我和顽皮的佩图莉娅》（*Me and the Arch Kook Petulia*），理查德·莱斯特导演，1968年上映。《射马记》（*They shoot Horses, Don't They?*），美国影片，改编自何瑞斯·麦考伊（Horace McCoy）的同名小说（1935），悉尼·波拉克导演，1969年上映。——译者注】

第三章 简单故事

作者想尽量遵循这种接续。①

因为不可能通过语言同时地呈现诸同步事件，故事讲述者必须明确地说：那些一件接一件表达出来的事件实际上是同时发生的，或者至少要给人以此种印象。有时效果惊人。在 20 世纪，所谓同步技巧已经被成功运用多次，例如在多斯·帕索斯的《1919》、儒勒·罗曼的《黑旗》以及萨特的《缓期执行》中。②

3.2

上述（3）与（9）的区别是双重的。如果说在（3）中故事顺序和时间顺序是同一的，那么在（9）中则不然。另外，在（3）中第三个事件导致第四个事件，而在（9）中则相反。

像故事顺序与时间顺序之间的关系一样，原因与其结果的顺序安排方式也是各种各样故事组的重要因素。例如，一般而言，在首要研究其人物性格之心理结构的故事中，常常首先描述其某一种精神状态，然后用一系列事件解释导致这种状态的原因何在。在冒险小说中则相反，在叙述一系列事件之前，通常不会描述这些事件的结果。

3.3

上述（4）、（5）与（10）、（11）之间的区别同事件的顺序毫无关

---

① ［法］茨维坦·托多罗夫：《叙事文学的分类》（"Les Catégories du récit littéraire"），139。【此处所引系法语原文，中译文采朱毅译、徐和瑾校《叙事作为话语》，见《美学文艺学方法论》，下册，294 页，北京，文化艺术出版社，1985。——译者注】

② 多斯·帕索斯（John Dos Passos, 1896—1970），美国小说家，《1919》是其代表作。儒勒·罗曼（Jules Romains, 1885—1972），法国作家，《黑旗》（*Le Drapeau noir*）是其代表作。《缓期执行》（*Le Sursis*），又译《延缓》，让-保罗·萨特的小说，发表于 1945 年，与《理智之年》(1945)、《心如死灰》(1949) 合起来构成"自由三部曲"。——译者注

系：在所有四个故事中，事件都按空间—时间顺序排列，而且没有一个事件的结果是在该事件之前给出的。毋宁说，其区别在于，在（10）中没有表达出：

（13）然后，作为结果，他健康了。

而在（4）中却表达出了这一点。同样地，在（11）中没有表达出：

（14）作为结果，约翰很富有。

而在（5）中却表达出了这一点。从现在开始，我将把未被表达出的事件称为"归零（zeroed）事件"。任何把一个归零事件与先于它的事件结合起来的连接成分的组群，也都被归零了。

如果研究一下（10）与（11），我们会发现每一个当中的归零事件都很容易补足。（10）解释了陷入爱河能够治病这一点。为了能理解约翰在患病后变得健康，只要知道他陷入爱河这一点就足够了。同样地，（11）中不必表达出这样两个事件——一个是"约翰继承了一笔遗产"，另一个是"作为结果，约翰很富有"——只要知道约翰继承了一笔遗产，就足以理解他变得富有了。像（13）和（14）一样，故事中的任何事件，当且仅当它可以在考察故事中现有内容的基础上被补出，而且它不是故事中另一事件的前提时，它就可以归零。

在特定故事中，至少有一些事件是不可以归零的。看下面的故事：

（15）吃披萨会导致邪恶。约翰很善良，后来，有一天，他吃了披萨，然后，作为结果，他很邪恶。

最后一个事件可以归零（连同把它和之前的事件结合起来的连接成分组群），因为

（16）然后，作为结果，他很邪恶。

可以依据

（17）吃披萨会导致邪恶。约翰很善良，后来，有一天，他吃了披萨。

补出来。相反，倒数第二个事件（连同把它和之前的事件结合起来的连接成分组群）不能归零，因为

（18）后来，有一天，他吃了披萨。

不能依据

（19）吃披萨会导致邪恶。约翰很善良，然后，作为结果，他很邪恶。

而补出来。

3.3.1

（10）、（11）和（17）是故事中三个叙事性事件中的最后一个被归零的例子。在很多故事中，第一个叙事性事件被归零。例如：

（20）约翰继承了一笔遗产，然后，作为结果，他很富有，后来他遇到了玛丽，然后，作为结果，他很穷。

与

（21）约翰继承了一笔遗产，然后，他遇到了玛丽，然后，作为结果，他很穷。

（20）与（21）的区别在于（21）中的第一个叙事性事件

（22）他很富有。

被归零了——当然连同把它和之前的事件结合起来的连接成分组群，但在（20）中它未被归零。

3.3.2

如果我们研究（10），会发现是一个事件，特别是第一个事件，使得（13）能够归零。同样地，如果我们研究（11），会发现是一个事件，特别是最后一个事件，使得（14）能够归零。（10）和（11）都是极短的故事。在长一些的故事中，常常有很多事件或系列事件，使得另一些事件能够归零。这些事件，连同故事中有助于理解该故事的其他因素，是该故事的编码单位，同时它们构成故事的编码。

任何故事都有一个编码，而且不难分离出来，如《亿万头脑》（*Billion Dollar Brain*）这部长篇小说。在小说一开始，叙述者—主人公在去往办公室的路上："在我身后我听到爱丽丝捧着一罐雀巢咖啡气喘吁吁地上楼。专电部有人在用留声机播放铜管乐。道里希，我的老板，一直在抱怨那台留声机……"① 看起来他只是在为自己记录所听见和所想到的。但是，这一段中至少有一点信息起到编码单位的作用。叙述者没有理由告诉自己那些本来完全知道的事情，例如"道里希是谁"之类。他这么做，是由于他为了故事的理解，不得不建构这一编码。同样，在《一桩神秘案件》(*Une Ténébreuse Affaire*) 中，巴尔扎克描述了两个女人受到一个男人的惊吓，然后补充道："丈夫的那副模样可以在一定程度上说明两个女人为什么胆战心惊。面相学的法则不但应用在说明性格方面，而且在预见生命的终局方面，都是准确的。"② 关于女人们的恐惧的原因，并不是为女人们自身而写出来，而是起到编码单位的作用。作为一般规则，一旦故事提供了这些材料，它们就至少构成了故事编码的一部分。

不同系列的故事之间，其故事编码的复杂度与长度各不相同。通常，冒险小说中的编码是简单的、最小的。这些小说有较高程度的叙事性，并以直接的方式联系诸事件。相反，在巴尔扎克与普鲁斯特的小说中，编码则极庞大而且复杂。事实上，这些小说通常主要由一定事件的动机与证实构成。③

3.4

在上述（6）与（12）中，事件都是按空间—时间顺序安排的。另

---

① ［英］莱恩·戴腾：《亿万头脑》(*Billion Dollar Brain*)，11页，米德尔塞克斯，企鹅图书，1966。

② ［法］巴尔扎克：《一桩神秘案件》 (*Une Ténébreuse Affaire*, Paris, Le Livre de Poche)，1963，17。【此处所引系法语原文。采郑永慧中译文，见《一桩神秘案件》，2页，北京，人民文学出版社，1983。——译者注】

③ 关于故事编码，参见［法］罗兰·巴尔特：《叙事作品结构分析导论》（"Introduction à l'analyse structurale des récits"），1-27；［法］热拉尔·热奈特：《可能与动机》（"Vraisemblable et motivation"），载《交流》(*Communications*)，no. 11 (1968)，5-21；［美］杰拉德·普林斯：《论叙事中的读者与听者》（"On Readers and Listeners in Narrative"），载《新语文》(*Neophilologus*)，LV, no. 2 (1971)，117-122。

第三章　简单故事

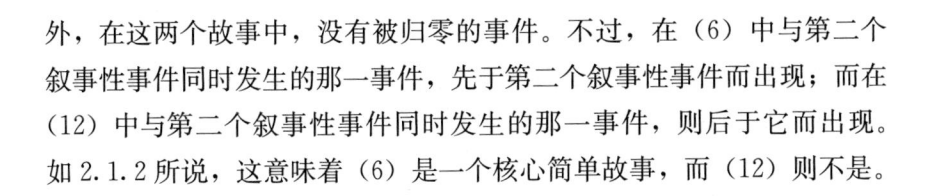

外,在这两个故事中,没有被归零的事件。不过,在(6)中与第二个叙事性事件同时发生的那一事件,先于第二个叙事性事件而出现;而在(12)中与第二个叙事性事件同时发生的那一事件,则后于它而出现。如2.1.2所说,这意味着(6)是一个核心简单故事,而(12)则不是。

3.5

尽管(1)～(6)构成核心简单故事而(7)～(12)不构成,它们却至少有一个共同特征。(1)～(12)都包含不超过一个的最小故事。任何包含不超过一个最小故事的故事,叫作**"简单故事"**(simple story)[①]。

为了能够解释像(7)～(12)那样的简单故事,有必要为语法 G 增加一套新的规则。这些规则将是转换性的,并将使我们能够在特定线索上完成某种变化,条件是这些线索具有某种特定结构。[②] 转换规则的第一部分是具体说明该种线索(就其结构而言)的结构分析,规则就运用于这一线索之上。转换规则必须适用于所有这样的故事而且仅仅是这样的故事,即根据语法 G 可以作下列解析的故事:

SA:N ep—CF_t—ep—CF_t—Ne act—CF_t—CF_c—N ep

结构分析经常包含像 X 或 Y 这样的符号,用来代表任何线索。假设转换规则中仅仅是 ep、CF_t 和 Ne act 这三个因素需要具体说明,则结构分析可以是这样:

[①]　对照普罗普《民间故事形态学》(*Morphology of the Folktale and the one-move folktale*)中的单一行动民间故事(one-move folktale)。

[②]　在斟酌转换规则的过程中,我又一次借鉴了[美]诺姆·乔姆斯基:《句法结构》(*Syntactic Structures*)、《论"语法规则"的概念》("On the Notion 'Rule of Grammar'")、《句法转换分析方法》("A Transformational Approach to Syntax"),以及[美]艾蒙·巴赫:《转换语法导论》(*An Introduction to Transformational Grammars*)。请注意,[法]居莉亚·克里斯蒂娃的《文本结构诸问题》("Problèmes de la structuration du texte")[《小说批评》(*La Nouvelle Critique*), no. spécial (1968), 55-64]和《叙述与转换》("Narration et transformation")[《符号学》(*Semiotica*),I,no.4 (1969), 422-448]在建构小说模式的过程中用了"转换"概念。然而她犯了一个重大错误:把具有权能的深层结构等同于履行它的表层结构。

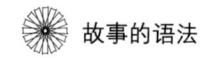

SA：X—ep—CF_t—Ne act—Y

规则的第二部分用数字具体说明结构变化，数字指代由结构分析加以具体说明的段落。这样，给定上述的 SA，1 指代 X，2 指代 ep，5 指代 Y，则结构变化就应该是：

SC：1—2—3—4—5→1—4—before 4—2—5 ①

需要注意，有时有必要描述结构分析中已具体说明了的条件之外的、必然碰到的其他特定条件。例如，假设在适用于 ep—CCL—ep—CCL—ep 这一线索的转换中，有必要具体说明两个连接成分的组群是不一样的，那么我们就应该增加这样一个条件：

（此处 2≠4）

还要注意，从现在起，我将把适用于一条单独线索的转换规则称为"单一转换"（singular transformations）。

3.6

如果我们把下列规则运用于由语法 G 产生的某条具体线索，那么像（7）这样的简单故事就能被解释：

T_{1a}：SA：X—Str ep—CF_t—Str ep—y

SC：1—2—3—4—5→1—4—before—4—2—5

（此处 Str ep 是任意系列的情节段和/或叙事性情节段；1 和 5 阙如）

该规则指出一系列的情节段和/或叙事性情节段可以出现于另外一系列的情节段和/或叙事性情节段之后，即使第一系列在时间上先于第二系列，条件是没有哪个情节段或叙事性情节段先于第一系列，或者后于第二系列，而且引入 before 这个恒常因素，以指示各要素间的原始顺序。

当然（1）和（7）可用树形图来表示，以清晰显示二者的区别。

---

① before 为"在……之前"。为简明起见，线索中直接用英语原文，不译出。下同。——译者注

(1) 可用图（23）来表示。

(23)

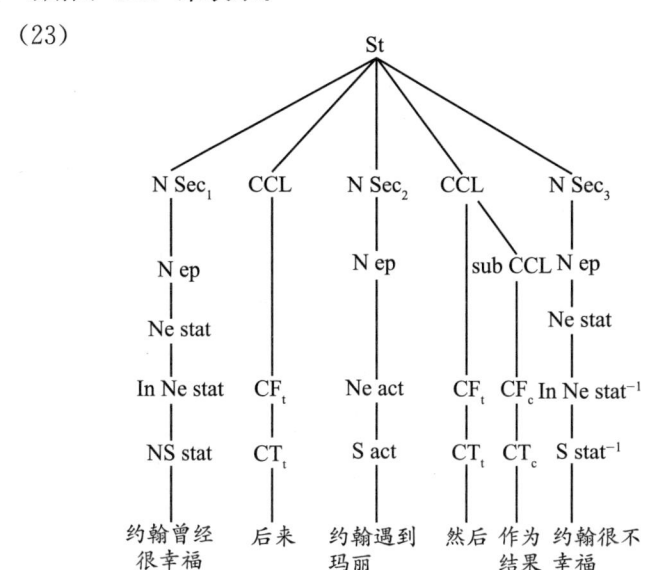

```
                              St
         ┌──────┬──────┬──────┬──────┬──────┐
       N Sec₁  CCL   N Sec₂  CCL    N Sec₃
         │      │      │      │      │
        N ep   │     N ep  sub CCL  N ep
         │     │      │      │      │
       Ne stat │      │      │    Ne stat
         │     │      │      │      │
      In Ne stat CFₜ Ne act CFₜ CF_c In Ne stat⁻¹
         │     │      │      │      │      │
        NS stat CTₜ  S act  CTₜ   CT_c  S stat⁻¹
         │     │      │      │      │      │
        约翰曾经 后来  约翰遇到 然后  作为  约翰很不
        很幸福       玛丽          结果   幸福
```

把 T_{1a} 运用于（23），就会产生（7）。（7）可用图（24）表示。

(24)

```
                              St
         ┌──────┬──────────┬──────────┬──────┐
       N Sec₂  CCL       N Sec₃            N Sec₁
         │      │          │                │
        N ep    │         N ep             N ep
                │ sub CCL   │                │
                │          Ne Stat         Ne Stat
         │      │          │                │
       Ne act  CFₜ  CF_c  In Ne stat⁻¹ before Ne act  In Ne stat
         │      │      │        │              │            │
       S act   CTₜ   CT_c    NS stat⁻¹    before S act   NS stat
         │      │      │        │              │            │
       约翰    然后   作为    约翰           在约翰遇到     约翰曾经
       遇到玛丽        结果    很不幸福        玛丽之前       很幸福
```

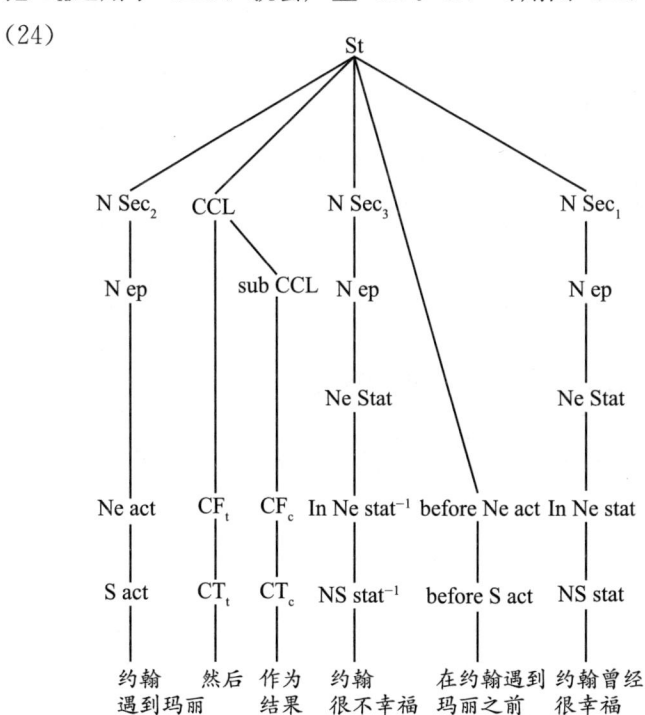

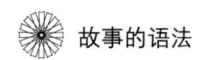

显然 T_{1a} 无助于解释（8）及类似故事的结构。不过，如果将下列规则运用于语法 G 产生的某具体线索，就能够解释它们了：

T_{1b}: SA: X—Str ep—CF_t—Str ep—CF_t—Y

SC: 1—2—3—4—5—6 → 1—4—before 4—2—after 4—6

（此处 Str ep 是任意系列的情节段和/或叙事性情节段；6 非为阙如）

注意，T_{1b} 与 T_{1a} 相似，并在给定线索的结构中完成同样的变化。还要注意，如果（2）可以用图（25）来表示的话：

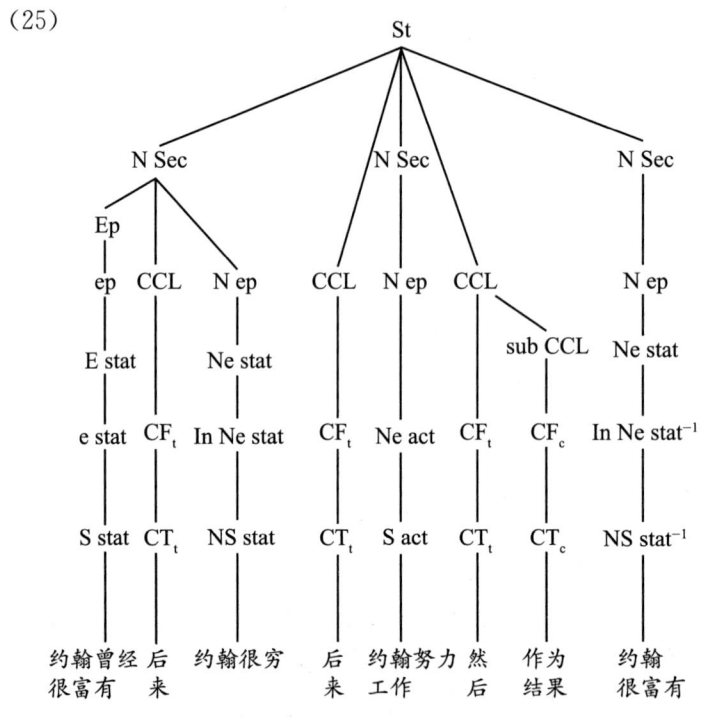

(25)

```
                              St
          ┌───────────────────┼───────────────────┐
        N Sec               N Sec               N Sec
        ┌─┴──┐            ┌───┼───┐              │
        Ep   │            │   │   │              │
       ┌┴┐   │            │   │   │              │
       ep CCL N ep       CCL N ep CCL           N ep
        │  │   │          │   │   │              │
      E stat  Ne stat           sub CCL        Ne stat
        │  │   │          │   │   │   │          │
      e stat CF_t In Ne stat CF_t Ne act CF_t CF_c In Ne stat⁻¹
        │  │   │          │   │   │   │          │
      S stat CT_t NS stat CT_t S act CT_t CT_c NS stat⁻¹

      约翰曾经  后  约翰很穷  后  约翰努力  然  作为   约翰
      很富有   来           来  工作    后  结果   很富有
```

那么将 T_{1b} 运用于（25），就会产生图（26），它表示的是（8）：

第三章 简单故事

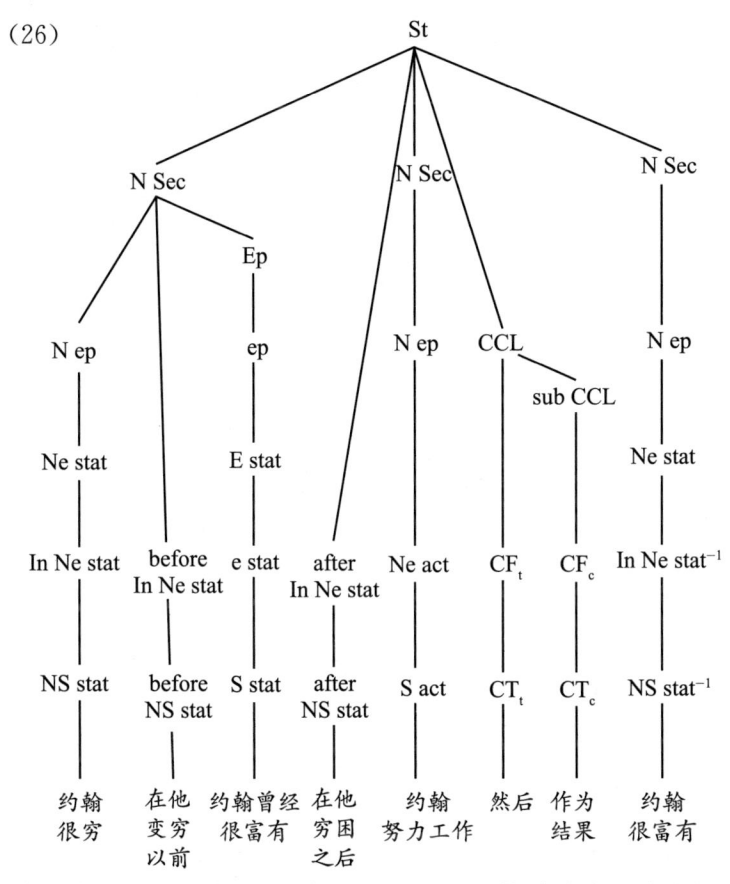

(26)

[树形图：
St
├── N Sec
│   ├── N ep — Ne stat — In Ne stat — NS stat — 约翰很穷
│   └── Ep — ep — E stat — before In Ne stat — before NS stat — 在他变穷以前
├── N Sec
│   ├── N ep — (Ne stat) — e stat — S stat — 约翰曾经很富有
│   ├── (N ep) — after In Ne stat — after NS stat — 在他穷困之后
│   ├── N ep — Ne act — S act — 约翰努力工作
│   ├── CCL — CF$_t$ — CT$_t$ — 然后
│   └── sub CCL — CF$_c$ — CT$_c$ — 作为结果
└── N Sec
    └── N ep — Ne stat — In Ne stat^{-1} — NS stat^{-1} — 约翰很富有]

其他单一转换，将帮助我们解释不是核心简单故事的其他简单故事的结构。这样一来，

  T_{2a}：SA：X—CF$_t$—Ne act—CF$_t$—CF$_e$—In Ne stat^{-1}—Y

    SC：1—2—3—4—5—6—7→1—2—6—CF because—before 6 after 1—7

    （此处 7 阙如）①

  T_{3a}：SA：X—CCL—Ne stat—Y

    SC：1—2—3—4→1—CCL$_0$—Ne stat$_0$—4

    （此处 3 可据线索中的现有成分补出；下标 0 表示被附加在

---

① because 为"因为"；after 为"在……之后"。——译者注

它上面的、代表着故事中未表达出的某成分的任意符号）

T_4：SA：X—CF_t—e act—CF_n—Ne act—CF_t—CF_c—In Ne stat^{-1}—Y

SC：1—2—3—4—5—6—7—8—9→1—2—5—4—3—6—CF_c of 4—8—9

（此处 1 是一条情节段和/或叙事性情节段的线索；9 阙如）

这些将可解释（9）～（12）的结构。

还有一些单一转换，例如：

T_{1c}：SA：X—Str ev—CF_n—Str ev—CF_t—Str ep—CCL—ep—CF_t—Str ep—Y

SC：1—2—3—4—5—6—7—8—9—10—11→1—2—5—6—7—8—3—before 5 at the same time as 2—4—9—10—11

（此处 Str ev 是任一系列事件和/或叙事性事件；Str ep 是任一系列情节段和/或叙事性情节段）①

T_{2b}：SA：X—Str ep—CF_t—ep—CF_t—CF_c—ep—CF_t—Str ep—Y

SC：1—2—3—4—5—6—7—8—9—10→1—2—3—7—CF because—before 7 after 2—4—8—9—10

T_{3b}：SA：X—CCL—e stat—Y

SC：1—2—3—4→1—CCL_0—e $stat_0$—4

T_{3c}：SA：X—sub CCL—Ne stat—Y

SC：1—2—3—4→1—sub CCL_0—Ne $stat_0$—4

这些将帮助我们解释其他简单故事的结构。②

到此为止，我已经指出，某些简单故事的结构，可以通过把某条单一转换规则运用于语法 G 所描述的结构来加以解释。有一些故事的结构，只能通过运用一条以上的转换规则才能解释。因此转换规则将以这

---

① at the same time as 为"与……同时"。——译者注

② 我给出 T_{1a}～T_4，仅作为可能的例子，它们有助于解释并非"核心简单故事"的简单故事的结构。在更为充分地设计出的故事语法中，T_{1a}～T_4 很可能必须由其他单一转换所代替。

样的方式运行——它们不仅适用于语法 G 产生的结构,也适用于被转换之后的结构;而且,转换的产物应该能够经得起进一步转换。例如,

(27) 比尔去世了,然后约翰继承了一笔遗产;在比尔去世之前,约翰很穷。

的结构,可以这样解释:(a) 运用 T_{3a};(b) 将 T_{1a} 运用于使用 T_{3a} 转换之后得到的结构。当然,(27) 本身能够经得起进一步转换。[①]

总之请注意,给定语法 G 以及适当的单一转换,我们就能够解释任何简单故事的结构。

[①] 像在语法 G 中一样,转换规则必须(部分地)调整顺序。但在目前,显然不可能确定转换必须适用的顺序。

第四章 复杂故事

4.0

看下面的几个故事：

（1）约翰很穷，后来他在自己的地里发现了金子，然后，作为结果，他很富有。后来，作为结果，彼得很忧愁，后来他在自己的地里发现了石油，然后，作为结果，他很幸福。

（2）约翰很幸福，后来他遇到琼，然后，作为结果，约翰很不幸福，后来他遇到玛丽，然后，作为结果，他很幸福。

（3）约翰很富有而琼很幸福，后来约翰失去一大笔钱，然后，作为结果，约翰很穷而琼很不幸福。

（4）约翰很幸福而琼很不幸福，后来约翰离了婚而琼结了婚，然后，作为结果，约翰很不幸福而琼很幸福。

（5）约翰很富有而琼很穷。后来琼赚了钱，然后，作为结果，她很富有。后来约翰丢了钱，然后，作为结果，他很穷。

（6）约翰爱琼。琼很漂亮，后来她遭遇一件可怕的事故，然后，作为结果，她很丑。后来约翰看见琼，然后，作为结果，他嫌恶她。

(1)～(6)至少有一个共同点：它们都有三个以上的叙事性事件，或者换句话说，它们都包含一个以上的最小故事。例如，(1)中包含

(7) 约翰很穷，后来他在自己的地里发现了金子，然后，作为结果，他很富有。

和

(8) 彼得很忧愁，后来他在自己的地里发现了石油，然后，作为结果，他很幸福。

而(3)包含

(9) 约翰很富有，后来约翰失去一大笔钱，然后，作为结果，约翰很穷。

和

(10) 琼很幸福，后来约翰失去一大笔钱，然后，作为结果，琼很不幸福。

因此(1)～(6)不是简单故事（见3.5），而是简单故事的组合。从现在起，我将把任何包含一个以上简单故事①的故事称为"**复杂故事**"（complex story），而把作为复杂故事的一部分的任一简单故事称为"**成分故事**"（component story）。

4.1

简单故事以不同的模式组合，产生了不同种类的复杂故事。学者们一般区分出三种基本组合类型：联结（conjoining）、交替（alternation）和嵌入（embedding）。② 在联结中，可以通过连接成分或连接成分组群的方式，把一个简单故事与另一个故事联结起来。这样，在(1)中，

---

① 对照普罗普《民间故事形态学》(*Morphology of the Folktale*)中的"n个行动"式民间故事。

② 另参见 [法] 克洛德·布雷蒙：《叙述可能之逻辑》("La Logique des possible narratifs")，61-62。[法] 茨维坦·托多罗夫：《叙事文学的分类》("Les Catégories du récit littéraire")，140；《诗学》("Poétique")，137-138。

故事的语法

就通过"然后（后来）"、"作为结果"把（7）和（8）联结起来。至于（2），它是一种情况更加特殊的联结的产物。它是由

（11）约翰很幸福，后来他遇到琼，然后，作为结果，约翰很不幸福。

和

（12）约翰很不幸福，后来他遇到玛丽，然后，作为结果，他很幸福。

组成的，（11）中的最后一个叙事性事件与（12）中的第一个叙事性事件是同一个。

交替被茨维坦·托多罗夫定义为一这样一种叙述方式："同时叙述两个故事，一会儿中断一个故事，一会儿中断另一个故事，然后在下一次中断时再继续前一个故事。"① 更确切地说，在交替中，成分简单故事 A 的某个叙事片断，将接续另一个成分简单故事 B 的某个叙事片断，接下来依次又接续 A 的某个叙事片断，等等，依次类推。上述（3）与（4）都是交替的例子，但要注意，（3）结合了两个简单故事，即（9）和（10），它们有一个共同的叙事性事件：

（13）约翰失去一大笔钱。

至于嵌入，是这样一种手段：一个完整的简单故事被置于另一个简单故事的第一个和第二个叙事片断之间。上述（5）和（6）都是嵌入的例子。例如在（5）中，

（14）琼很穷。后来琼赚了钱，然后，作为结果，她很富有。

被置于

（15）约翰很富有，后来约翰丢了钱，然后，作为结果，他很穷。

的第一和第二个叙事片断之间。

---

① ［法］茨维坦·托多罗夫：《叙事文学的分类》（"Les Catégories du récit littéraire"），140。【此处所引系法语原文，中译文采朱毅译、徐和瑾校《叙事作为话语》，见《美学文艺学方法论》，下册，564 页，北京，文化艺术出版社，1985。——译者注】

第四章 复杂故事

4.2

复杂故事可以由两个以上的简单故事组成。例如，看下面的例子：

（16）星期一，约翰很幸福，然后他遇到了琼，然后，作为结果，他很不幸福。然后，在星期二，彼得很幸福。然后他遇到了琼，然后，作为结果，他很不幸福。然后，在星期三，彼得很幸福。然后他遇到了琼，然后，作为结果，他很不幸福。

（17）约翰很不幸福而彼得病了詹姆斯又很穷。后来约翰遇到玛丽，而彼得吃了药詹姆斯则得到一大笔钱。然后，作为结果，约翰很幸福而彼得健康了詹姆斯则很富有。

（18）约翰很不幸福而彼得病了詹姆斯又很穷。后来詹姆斯则得到一大笔钱，然后，作为结果，他很富有。后来彼得吃了药，然后，作为结果，彼得健康了。后来，约翰遇到玛丽，然后，作为结果，约翰很幸福。

（16）是由三个联结的简单故事组成的，（17）是由三个交替的简单故事组成的，而（18）是由一个简单故事嵌入另一个中，这另一个又依次嵌入第三个中。当然可以有第四个简单故事，与（16）相联结，或者与（17）的三个交替故事相交替，再或者嵌入到（18）的最深层嵌入式故事中去，等等。因此，组成一个复杂故事的简单故事的数目没有上限。

4.2.1

一种特定组合模式的普遍性，依复杂故事的表达媒介不同而变化。例如交替，就很少用在口头叙事中[①]，但在书面叙事中却相当普遍。另

---

① 托多罗夫甚至写道："这种形式显然是同口头文学失去了任何联系的文学体裁的特征：因为口头文学不可能有交替。"见《叙事文学的分类》（"Les Catégories du récit littéraire"），140。【所引系法语原文，中译文采朱毅译、徐和瑾校《叙事作为话语》，见《美学文艺学方法论》，下册，564页，北京，文化艺术出版社，1985。——译者注】

外，重复的复合式嵌入，在以口头语言或动画表达的故事中很难见到，但在以书面语言表达的故事中却很常见。这些变化至少部分地归因于这一事实：受众发现几乎不可能跟上一个有着复合式嵌入与交替的口头叙事或电影，但要跟上一个围绕同样模式组织起来的书面叙事，则没有多少困难。

4.2.2

上述（2）和（3），由这一事实而获得很大程度的凝聚性：两个成分简单故事之一中的某个叙事性事件，同时也是另一成分简单故事中的叙事性事件。一般来说，成分简单故事中共同的叙事性事件越多，则该复杂叙事越倾向于凝聚性。①

赋予复杂故事以一定程度的凝聚性的另一常见方式，是让组成它的那些各不相同的简单故事共享一个共同因素，无论是一个主人公、一个主题，还是一个行为，或者全部这三方面的结合。例如在（1）中，两个成分简单故事中的每一个，都呈现了一个富起来的人物；而在（2）中，两个成分简单故事有相同的主人公，且都讲了他和某个女人的相遇及其结果。

不过要注意，在复杂故事中，成分简单故事不是必须共享一个主人公、一个主题或其他的什么。请看下面这些复杂故事，它们每一个都由两个简单故事组成：

（19）约翰很幸福，后来他遇到琼，然后，作为结果，他很不幸福。后来，作为结果，彼得很黑，后来他看到一只鸟，然后，作为结果，他很白。

（20）约翰很幸福而彼得很黑，然后约翰遇到琼而彼得看到一只鸟，然后，作为结果，约翰很不幸福而彼得很白。

（21）约翰很幸福而彼得很黑，然后彼得看到一只鸟，然后，作为结果，他很白。然后约翰遇到琼，然后，作为结果，他很不幸福。

---

① 当然，两个成分简单故事不可能有三个共同的叙事性事件。

（19）、（20）和（21）分别与（1）、（4）和（5）有着相同的结构及同样的语法性（能够以同一语法规则来说明）。不过，显然（19）、（20）和（21）较之于（1）、（4）和（5），故事的可接受性要小。因此，两个故事可以有同等的语法性同时又有不等的可接受性，特定故事的可接受性不仅依赖于其合乎语法性，而且依赖于其他更难界定的因素，如语境（context）。①

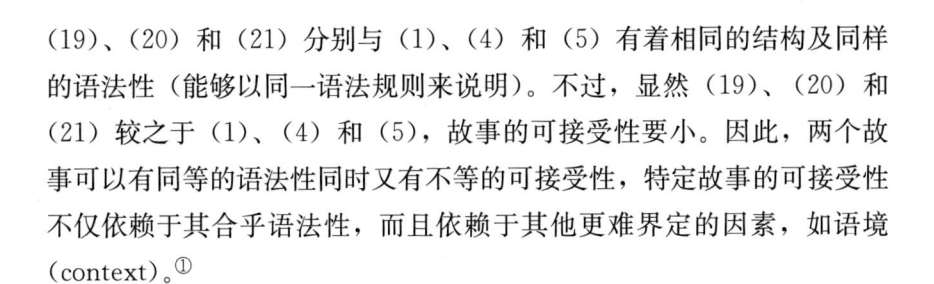

4.3

同一个复杂故事中，可能有几种组合模式。看下面的例子：

（22）约翰很富有而琼很穷。后来琼赚了一大笔钱，然后，作为结果，她很富有。后来约翰失去一大笔钱，然后，作为结果，他很穷。后来他赚到一大笔钱，然后，作为结果，他很富有。

（23）约翰很幸福而琼很不幸福，后来约翰离了婚而琼结了婚，然后，作为结果，约翰很不幸福而琼很幸福。后来琼遇到杰克，然后，作为结果，她很不幸福。

（24）约翰很幸福而琼很不幸福彼得则很穷。后来彼得得到一大笔钱，然后，作为结果，他很富有。后来约翰遇到玛丽而琼遇到詹姆斯，然后，作为结果，约翰很不幸福而琼很幸福。

（25）约翰很幸福而琼很不幸福彼得则很穷。后来彼得得到一大笔钱，然后，作为结果，他很富有。后来约翰遇到玛丽而琼遇到詹姆斯，然后，作为结果，约翰很不幸福而琼很幸福。后来她遇到杰克，然后，作为结果，她很不幸福。

在（22）中，一个故事被嵌入另一个中，两个都和第三个故事相联结；在（23）中，一个故事与另两个交替故事相联结；在（24）中，有一个嵌入的实例，还有一个交替的实例；在（25）中，我们发现了全部的三

---

① 尽管我在本书中使用的故事是合乎语法的，但其中的很多对于某些读者来说可能不那么好接受。

个组合模式——嵌入、交替与联结。

4.3.1

一个复杂故事所运用的组合模式，构成该故事的一个重要特征。例如，它至少部分地决定着各种各样的成分简单故事展开的速率。如果一个故事被嵌入另一个，后者的发展就明显被延缓了。如果还有第三个故事嵌入了原本就属被嵌入的故事，那么故事就更是被延缓了，如此等等，不一而足。另一方面，一个成分简单故事的展开，绝不会在一个故事或一组故事与之联结时发生改变。

一般来说，一个复杂故事所偏爱的组合模式种类，与故事讲述者的目的有关。例如在冒险小说中，联结很普遍。在同步性小说——如《1919》或《缓期执行》——中，交替相当多见。书信体小说中也是如此，如《危险的关系》与《新爱洛伊丝》[①]。在像《追忆似水年华》[②]这样的小说中，一个故事打断另一个，而它自身又被第三个故事所打断，嵌入扮演着非常重要的角色。这就是为什么普鲁斯特的杰作与很多更晚近的小说如此相似的原因之一，这些小说包括《弗兰德公路》[③]、《漂浮的歌剧》，在其中，特定的成分简单故事的发展常常为了另一个故事的发展而断弃。

4.4

为了解释（1）～（6）之类故事的结构，有必要在已有规则之外再

[①] 《危险的关系》（*Les Liaisons Dangereuses*）是法国作家拉克洛（Pierre Ambroise François Choderlos de Laclos，1741—1803）的书信体小说，1782年开始发表。《新爱洛伊丝》（*La Nouvelle Héloïse*）是法国思想家、作家让-雅克·卢梭（Jean-Jacques Rousseau，1712—1778）的书信体小说，1761年出版。——译者注

[②] 《追忆似水年华》（*A la recherche du temps perdu*）是法国作家普鲁斯特（Marcel Proust，1871—1922）的多卷本长篇小说，陆续出版于1913—1927年。——译者注

[③] 《弗兰德公路》（*La Route des Flandres*）是法国作家克洛德·西蒙（Claude Simon，1913—2005）的成名作。——译者注

第四章　复杂故事

增加一套新的规则。像 3.5 中的规则一样，这些规则将是转换性的。不过，前面那个规则是单一转换，只在单一线索上运行，新规则则是综合转换，且在两条线索上运行，条件是这些线索有一定结构。① 综合转换可以联结这样的线索，也可以把一个嵌入另一个，或者使其亚线索互相交替。

综合转换的第一部分是一个结构分析，它具体说明适用该规则的线索的种类（就其结构而言）。例如规则应该适用于任何可以作如下解析的两条线索：

SA：对（a）：N Sec—CCL—N Sec—CCL—N Sec

　　对（b）：N Sec—CCL—N Sec—CCL—N Sec

规则的第二部分以数字方式具体说明结构的变化，数字指代由结构分析所具体说明的段落数。给定上述 SA，用 1～5 指代（a）中的段落，6～10 指代（b）中的段落，则结构变化应该是：

SC：(1—2—3—4—5；6—7—8—9—10) →1—2—3—4—5—CCL—6—7—8—9—10

注意，像在单一转换中一样，有时有必要描述结构分析中已具体说明了的条件之外的、必然碰到的其他特定条件。

4.5

如果我们运用下列综合转换，就可以解释像（1）这样的复杂故事：

GT$_{1a}$：SA：对（a）：N Sec—CCL—N Sec—CCL—N Sec

　　　　　　对（b）：St

　　　　SC：(1—2—3—4—5；6) →1—2—3—4—5—CCL—6

---

① 在斟酌综合转换的过程中，我借鉴了乔姆斯基的《句法结构》(*Syntactic Structures*)、《论"语法规则"的概念》("On the Notion 'Rule of Grammar'")及《句法转换分析方法》("A Transformational Approach to Syntax")，以及艾蒙·巴赫（Emmon Bach）的《转换语法导论》(*An Introduction to Transformational Grammars*)。

故事的语法

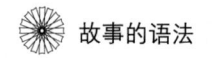

这一规则指示：任何核心简单故事，都可以通过一个连接成分组群而与另一个故事联结起来。

（7）和（8）都是（1）中的成分简单故事，它们分别可以用树形图（26）和（27）来表示。把 GT_{1a} 用于（26）和（27）就得到（1），它可以用图（28）来表示。

(26)

```
                            St
         ┌──────┬──────┬──────┬──────┐
       N Sec  CCL   N Sec  CCL   N Sec
         │     │     │     │     │
        N ep        N ep  sub CCL  N ep
         │           │           │
       Ne stat                 Ne stat
         │     │     │     │     │
      In Ne stat CF_t  Ne act CF_t  CF_c  In Ne stat⁻¹
         │     │     │     │     │
       NS stat CT_t  S act  CT_t  CT_c  NS stat⁻¹
         │     │     │     │     │
       约翰   后来  他在自己 然后  作为  他很
       很穷        的地里发       结果  富有
                   现了金子
```

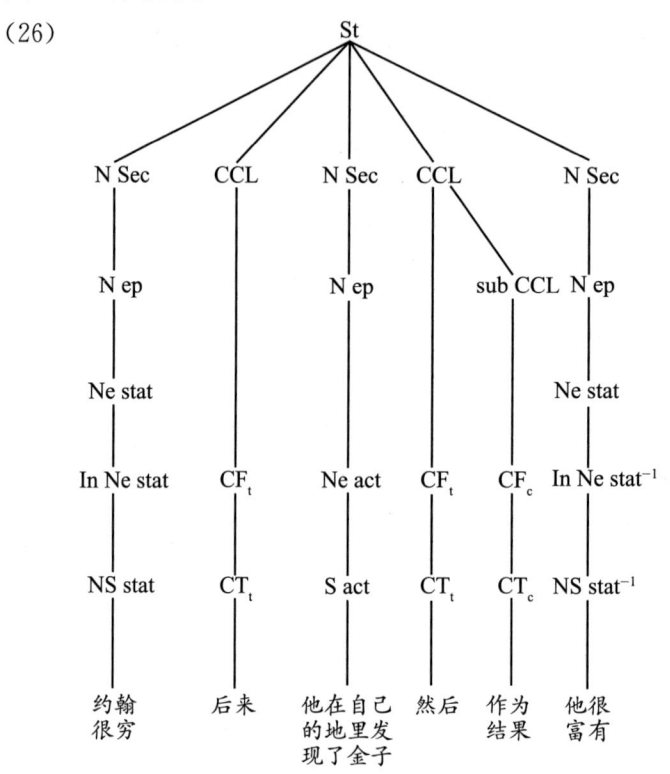

第四章　复杂故事

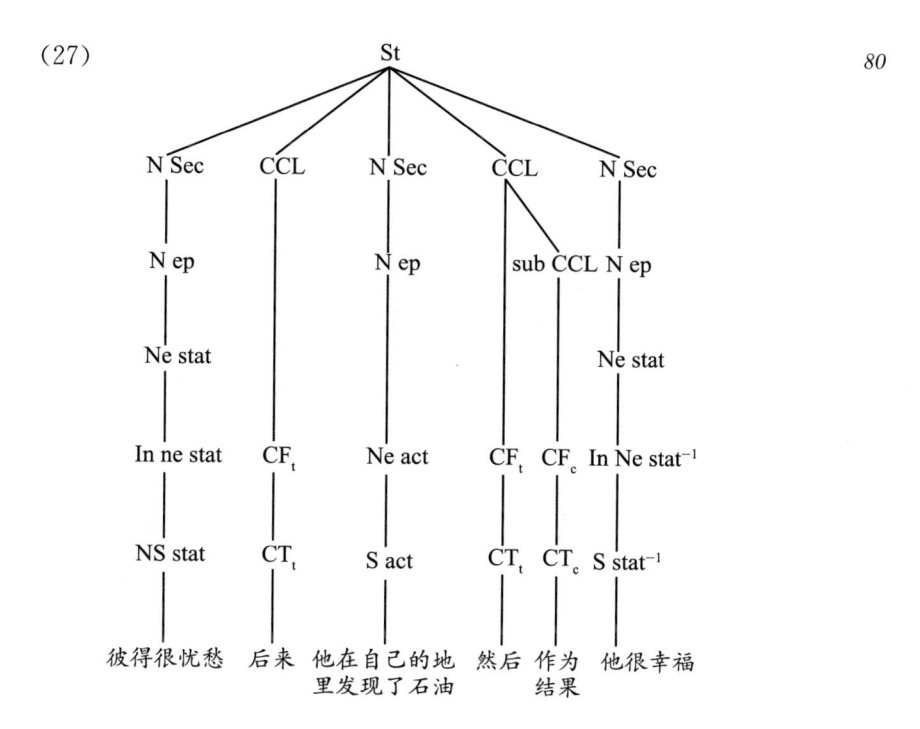

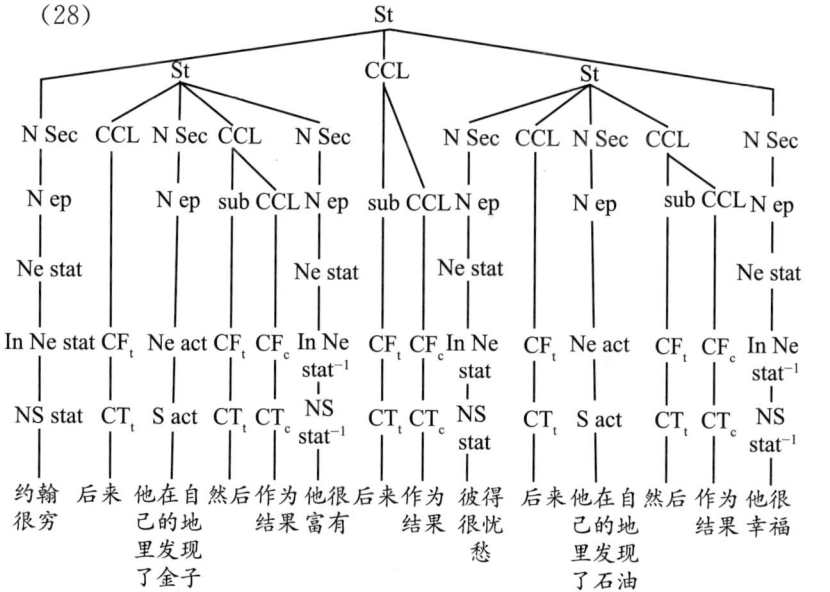

(27)

```
                              St
          ┌───────────┬───────┼───────┬──────────┐
        N Sec        CCL    N Sec    CCL       N Sec
          │           │       │    ┌───┴───┐     │
        N ep         CF_t   N ep sub CCL  N ep
          │           │       │    │        │
       Ne stat       CT_t  Ne act CF_t    Ne stat
          │                   │    │  CF_c   │
      In ne stat             S act CT_t CT_c In Ne stat⁻¹
          │                                    │
       NS stat                              S stat⁻¹

     彼得很忧愁   后来   他在自己的地  然后  作为   他很幸福
                        里发现了石油        结果
```

(28)

```
                                    St
           ┌─────────────┬──────────┼──────────┬─────────────┐
           St           CCL        St
     ┌─────┼─────┐              ┌──┼──┐
   N Sec CCL N Sec CCL N Sec  N Sec CCL N Sec CCL N Sec
     │    │   │    │    │      │    │   │    │    │
   N ep  N ep sub CCL N ep sub CCL N ep N ep sub CCL N ep
                  ...                        ...

  约翰  后来 他在自 然后 作为 他很 后来 彼得 后来 他在自 然后 作为 他很
  很穷      己的地 结果 富有      很忧         己的地 结果 幸福
          里发现                 愁            里发现
          了金子                              了石油
```

其他各种各样的综合转换将帮助我们解释另外的复杂故事。这样一来，

故事的语法

GT$_{1b}$：SA：对（a）：N Sec—CCL—N Sec—CCL—N Sec
　　　　　对（b）：N Sec—CCL—N Sec—CCL—N Sec
　　　SC：(1—2—3—4—5；6—7—8—9—10) →
　　　　　1—2—3—4—5—7—8—9—10
　　　　　（此处 5＝6）

GT$_{2a}$：SA：对（a）：N Sec—CCL—N Sec—CCL—N Sec
　　　　　对（b）：N Sec—CCL—N Sec—CCL—N Sec
　　　SC：(1—2—3—4—5；6—7—8—9—10) →
　　　　　1—CF$_{and}$—6—2—3—4—5—CF$_{and}$—10
　　　　　（此处 2＝7；4＝9；3＝8）

GT$_{2b}$：SA：对（a）：N Sec—CCL—N Sec—CCL—N Sec
　　　　　对（b）：N Sec—CCL—N Sec—CCL—N Sec
　　　SC：(1—2—3—4—5；6—7—8—9—10) →
　　　　　1—CF$_{and}$—6—2—3—CF$_{and}$—8—4—5—CF$_{and}$—10
　　　　　（此处 2＝7；4＝9）

GT$_3$：SA：对（a）：N Sec—CCL—N Sec—CCL—N Sec
　　　　对（b）：St
　　　SC：(1—2—3—4—5；6) →1—CF$_{and}$—6—2—3—4—5①

这些将可以用于（2）～（6）的结构。②

至此，我已经指出，某些复杂故事的结构，如何通过把一条单一转换规则运用于由语法 G 产生的两条线索上去，从而获得解释。还有些复杂故事，它们的结构只能通过不止一次地运用上述的综合转换才能获得解释。因此，综合转换将以这样的方式运行——它们不仅适用于语法 G 产生的结构，而且适用于转换的产物的结构：当然，新的产物本身应该能够经得起进一步转换，例如：

---

① and，连接词，据上下文可译为"和"、"且"、"并"、"则"等。为简明起见，此处保留原词不译。——译者注

② 同样地，我给出 GT$_{1a}$～GT$_3$，仅仅作为可能的规则例子，它们有助于解释复杂故事的结构。

第四章　复杂故事

(29) 约翰很穷，后来他遇到琼，然后，作为结果，他很富有。后来，作为结果，彼得很穷，后来，他遇到玛丽，然后，作为结果，他很富有。后来，作为结果，杰克很穷，后来，他遇到爱赛尔，然后，作为结果，他很富有。

把 GT_{1a} 运用于

(30) 彼得很穷，后来，他遇到玛丽，然后，作为结果，他很富有。

和

(31) 杰克很穷，后来，他遇到爱赛尔，然后，作为结果，他很富有。

将产生

(32) 彼得很穷，后来，他遇到玛丽，然后，作为结果，他很富有。后来，作为结果，杰克很穷，后来，他遇到爱赛尔，然后，作为结果，他很富有。

把 GT_{1a} 运用于

(33) 约翰很穷，后来他遇到琼，然后，作为结果，他很富有。

和 (32)，将产生 (29)，它可以用树形图 (34) 来表示。

(34)

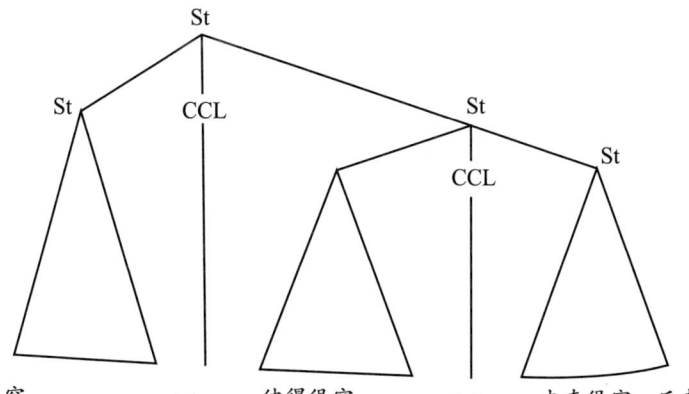

约翰很穷，后来他遇到琼，然后，作为结果，他很富有　　后来，作为结果　　彼得很穷，后来，他遇到玛丽，然后，作为结果，他很富有　　后来，作为结果　　杰克很穷，后来，他遇到爱赛尔，然后，作为结果，他很富有

有些复杂故事的结构，不仅需要通过运用综合转换，而且需要通过

故事的语法

运用单一转换,才能加以解释。这样,

(35) 约翰很穷;在约翰穷困之前,约翰曾经很富有;在约翰穷困之后,约翰努力工作;然后,作为结果,约翰很富有。然后约翰遇到玛丽,然后,作为结果,约翰很穷。

的结构,可以这样解释:

(a) 把 GT_{1b} 运用于

(36) 约翰曾经很富有,后来约翰很穷,然后,约翰努力工作,后来,作为结果,约翰很富有。

和

(37) 约翰很富有,后来他遇到玛丽,然后,作为结果,约翰很穷。

将产生

(38) 约翰曾经很富有,后来约翰很穷,然后,约翰努力工作,后来,作为结果,约翰很富有,后来他遇到玛丽,然后,作为结果,约翰很穷。

(b) 将 T_{1b} 运用于 (38)。[①]

总之请注意,给定适当的综合转换,理论上我们就能够解释任何复杂故事的结构。

---

① 像单一转换一样,综合转换可能必须(部分地)调整顺序。但在目前,显然还不可能确定综合转换必须适用的顺序,也不可能确定是否所有的综合转换都应该在单一转换之前运用。

附　录

作为我所提出的语法系统的更具体的例示，我打算用它描述一下佩罗的《小红帽》。① 我选这个故事，既因为它有名，也因为它短。请注意，在将该文从法语译过来时，我尽可能地忠实于原文。还要注意，为方便与简洁起见，我常常假定，故事中有些从两个或两个以上分离的基本线索衍生出来的部分，仅仅表现了一个事件。

A. 文本

从前有个小村姑，秀丽绝世无双。母亲疼她，外婆更是对她宠爱有加。母亲为她做了一件红色连帽披肩，非常适合她，此后无论去哪里，她都穿着这件披肩，因此大家都叫她小红帽。

有一天母亲烘烤了一些糕饼，叫她带去探望外婆："去看看外婆过得如何，我听说她病了。给她带去这些糕饼和这一小罐奶油。"小红帽立刻出发，去另一村的外婆家。经过森林时，她遇见常在邻近出没的野

---

① 夏尔·佩罗（Charles Perrault，1628—1703），17世纪法国著名学者、作家。佩罗在早于《格林兄弟童话》一个世纪前，即 1697 年出版的《鹅妈妈的故事》中收入的他的《小红帽》（Le Petit Chaperon rouge），被认为是这个著名童话的最早版本。——译者注

狼，他渴望吃掉小红帽，但是不敢，因为森林里有一些樵夫。他问她要到哪里去。可怜的小红帽并不知道停下脚步听狼说话是多危险的事，她告诉野狼："我要去外婆家，还带了一些糕饼和一小罐奶油，是我母亲要送给外婆的。"——"她住在很远的地方吗？"野狼问。——"哦，是啊！"小红帽说，"走过那个磨坊往右边看，就是外婆家了。她家是隔壁村的第一间屋子。"——"嗯，好吧！"野狼说，"我也想去看她。我走这边，你走那边，看谁会先到她家。"

野狼抄捷径拼命快跑，小红帽则走了较长的路，享受沿路搜集坚果、追逐蝴蝶、编织花篮的乐趣。

而野狼很快就抵达她外婆家，敲门了：笃！笃！——"谁啊？"——"是你的外孙女小红帽，"野狼伪装声音说，"我带了一些糕饼和一小罐奶油给你，是母亲要送你的。"善良的外婆正躺在床上，因为她身体不舒服，只能大声吩咐："拉开线轴，就可以打开门锁。"野狼拉开线轴，门就开了。野狼立刻扑向外婆，将她吞进肚子里，吃得丝毫不剩，因为他已经三天没有吃东西了。接着他关上门，躺在外婆的床上等小红帽，不大一会儿，她抵达了，敲门：笃！笃！——"谁啊？"起初野狼沙哑的声音令小红帽吓一跳，但是她以为外婆感冒了，声音自然会变成那样，于是回答："是你的外孙女小红帽。我带了一些糕饼和一小罐奶油，是母亲要送给你的。"野狼将声音放柔，大声吩咐她："拉开线轴，就可以打开门锁。"小红帽拉开线轴，门就开了。

一见到小红帽进门，野狼躲在床单里面，对她说："将糕饼和奶油放在橱子上，然后到床上陪我。"小红帽脱下衣服，爬到床上，看到外婆没穿衣服的样子，她非常惊讶。她说："外婆，为什么你的手臂好粗哦？"——"这样才好拥抱你啊，孩子。"——"外婆，你的大腿也好大！"——"这样才好跑步啊，孩子。"——"外婆，你的耳朵也好大！"——"这样才能更清楚地听你说话啊，孩子。"——"外婆，你的眼睛也好大！"——"这样才能更清楚地看你啊，孩子。"——"外婆，你的牙齿也好大！"——"这样才容易吃掉你！"说完这些，邪恶的野狼转身扑向小红帽,将她吞噬了。[①]

B. 如果运用语法 G,则有

(a) 通过运用规则 1,
St→N Sec+CCL+N Sec+CCL+N Sec

(b) 通过运用规则 2,
Ep+CCL+Nep+CCL+Ep+CCL+Nep+CCL+Nep

(c) 交替运用规则 3 与 4,规则 3 运用 45 次,规则 4 运用 44 次以后,

ep_1+CCL+ep_2+CCL+ep_3+CCL+ep_4+CCL+ep_5+CCL+ep_6+CCL+ep_7+CCL+Nep_1+CCL+ep_8+CCL+ep_9+CCL+ep_{10}+CCL+ep_{11}+CCL+ep_{12}+CCL+ep_{13}+CCL+ep_{14}+CCL+ep_{15}+CCL+ep_{16}+CCL+ep_{17}+CCL+ep_{18}+CCL+ep_{19}+CCL+ep_{20}+CCL+ep_{21}+CCL+ep_{22}+CCL+ep_{23}+CCL+ep_{24}+CCL+ep_{25}+CCL+ep_{26}+CCL+ep_{27}+CCL+ep_{28}+CCL+ep_{29}+CCL+ep_{30}+CCL+ep_{31}+CCL+ep_{32}+CCL+ep_{33}+CCL+ep_{34}+CCL+ep_{35}+CCL+ep_{36}+CCL+ep_{37}+CCL+ep_{38}+CCL+ep_{39}+CCL+ep_{40}+CCL+ep_{41}+CCL+ep_{42}+CCL+ep_{43}+CCL+ep_{44}+CCL+ep_{45}+CCL+ep_{46}+CCL+ep_{47}+CCL+ep_{48}+CCL+ep_{49}+CCL+ep_{50}+CCL+ep_{51}+CCL+ep_{52}+CCL+Nep_2+CCL+Nep_3

(d) 通过运用规则 5,

ep_1+CF_t+ep_2+CF_t+ep_3+CF_t+ep_4+CF_t+sub CCL+ep_5+CF_t+ep_6+CF_t+ep_7+CF_t+Nep_1+CF_t+ep_8+CF_t+sub CCL+ep_9+CF_t+ep_{10}+CF_t+ep_{11}+CF_t+ep_{12}+CF_t+ep_{13}+CF_t+ep_{14}+CF_t+ep_{15}+CF_t+ep_{16}+CF_t+ep_{17}+CF_t+ep_{18}+CF_t+ep_{19}+CF_t+sub CCL+ep_{20}+CF_t+ep_{21}+CF_t+sub CCL+ep_{22}+CF_t+ep_{23}+CF_t+ep_{24}+CF_t+sub CCL+ep_{25}+CF_t+ep_{26}+CF_t+ep_{27}+CF_t+ep_{28}+CF_t+ep_{29}+CF_t+ep_{30}+CF_t+

[①] 中译参考了杨淑智的译文,见〔美〕凯瑟琳·奥兰丝汀:《百变小红帽——一则童话三百年的演变》,杨淑智译,3~5 页,北京,三联书店,2006。据普林斯英译略有改动。——译者注

ep$_{31}$+CF$_t$+ep$_{32}$+CF$_t$+sub CCL+ep$_{33}$+CF$_t$+sub CCL+ep$_{34}$+CF$_t$+ep$_{35}$+CF$_t$+ep$_{36}$+CF$_t$+sub CCL+ep$_{37}$+CF$_t$+ep$_{38}$+CF$_t$+ep$_{39}$+CF$_t$+sub CCL+ep$_{40}$+CF$_t$+ep$_{41}$+CF$_t$+ep$_{42}$+CF$_t$+ep$_{43}$+CF$_t$+ep$_{44}$+CF$_t$+ep$_{45}$+CF$_t$+ep$_{46}$+CF$_t$+ep$_{47}$+CF$_t$+ep$_{48}$+CF$_t$+ep$_{49}$+CF$_t$+ep$_{50}$+CF$_t$+ep$_{51}$+CF$_t$+ep$_{52}$+CF$_t$+Nep$_2$+CF$_t$+sub CCL+Nep$_3$

(e) 通过运用规则 6，与（d）相同，除了

Nep$_1$→E stat+sub CCL+Ne stat$_1$

Nep$_2$→Ne act

Nep$_3$→Ne stat$_2$

(f) 通过运用规则 7，

E stat$_1$+CF$_t$+E stat$_2$+CF$_t$+E act$_1$+CF$_t$+E act$_2$+CF$_t$+sub CCL+E act$_3$+CF$_t$+E act$_4$+CF$_t$+E act$_5$+CF$_t$+E stat$_3$+sub CCL+Ne stat$_1$+CF$_t$+E act$_6$+CF$_t$+sub CCL+E act$_7$+CF$_t$+E act$_8$+CF$_t$+E act$_9$+CF$_t$+E act$_{10}$+CF$_t$+E act$_{11}$+CF$_t$+E act$_{12}$+CF$_t$+E stat$_4$+CF$_t$+E act$_{13}$+CF$_t$+E act$_{14}$+CF$_t$+E act$_{15}$+CF$_t$+E act$_{16}$+CF$_t$+sub CCL+E act$_{17}$+CF$_t$+E act$_{18}$+CF$_t$+sub CCL+E act$_{19}$+CF$_t$+E act$_{20}$+CF$_t$+E stat$_5$+CF$_t$+sub CCL+E act$_{21}$+CF$_t$+E act$_{22}$+CF$_t$+E act$_{23}$+CF$_t$+E act$_{24}$+CF$_t$+E act$_{25}$+CF$_t$+E act$_{26}$+CF$_t$+E act$_{27}$+CF$_t$+E stat$_6$+CF$_t$+sub CCL+E act$_{28}$+CF$_t$+sub CCL+E act$_{29}$+CF$_t$+E act$_{30}$+CF$_t$+E act$_{31}$+CF$_t$+sub CCL+E act$_{32}$+CF$_t$+E act$_{33}$+CF$_t$+E act$_{34}$+CF$_t$+sub CCL+E act$_{35}$+CF$_t$+E act$_{36}$+CF$_t$+E stat$_7$+CF$_t$+E act$_{37}$+CF$_t$+E act$_{38}$+CF$_t$+E act$_{39}$+CF$_t$+E act$_{40}$+CF$_t$+E act$_{41}$+CF$_t$+E act$_{42}$+CF$_t$+E act$_{43}$+CF$_t$+E act$_{44}$+CF$_t$+E act$_{45}$+CF$_t$+E act$_{46}$+CF$_t$+Ne act+CF$_t$+sub CCL+Ne stat$_2$

(g) 交替运用规则 8 与 9，规则 8 运用 9 次，规则 9 运用 8 次以后，

e stat$_1$+sub CCL+e stat$_2$+sub CCL+e stat$_3$+sub CCL+e stat$_4$+sub CCL+e stat$_5$+sub CCL+e stat$_6$+sub CCL+e stat$_7$+sub CCL+e stat$_8$+sub CCL+e stat$_9$+CF$_t$+e stat$_{10}$+sub CCL+e stat$_{11}$+sub CCL+e stat$_{12}$+CF$_t$+E act$_1$+CF$_t$+E act$_2$+CF$_t$+sub CCL+E act$_3$+

CF_t+E act$_4$+CF_t+E act$_5$+CF_t+e stat$_{13}$+sub CCL+Ne stat$_1$+CF_t+ E act$_6$+CF_t+sub CCL+E act$_7$+CF_t+E act$_8$+CF_t+E act$_9$+CF_t+ E act$_{10}$+CF_t+E act$_{11}$+CF_t+E act$_{12}$+CF_t+e stat$_{14}$+sub CCL+e stat$_{15}$+ sub CCL+e stat$_{16}$+sub CCL+e stat$_{17}$+CF_t+E act$_{13}$+CF_t+E act$_{14}$+ CF_t+E act$_{15}$+CF_t+E act$_{16}$+CF_t+sub CCL+E act$_{17}$+CF_t+E act$_{18}$+ CF_t+sub CCL+E act$_{19}$+CF_t+E act$_{20}$+CF_t+e stat$_{18}$+CF_t+sub CCL+ E act$_{21}$+CF_t+E act$_{22}$+CF_t+E act$_{23}$+CF_t+E act$_{24}$+CF_t+E act$_{25}$+ CF_t+E act$_{26}$+CF_t+E act$_{27}$+CF_t+e stat$_{19}$+CF_t+sub CCL+E act$_{28}$+ CF_t+sub CCL+E act$_{29}$+CF_t+E act$_{30}$+CF_t+E act$_{31}$+CF_t+sub CCL+ E act$_{32}$+CF_t+E act$_{33}$+CF_t+E act$_{34}$+sub CCL+CF_t+E act$_{35}$+CF_t+ E act$_{36}$+CF_t+e stat$_{20}$+CF_t+E act$_{37}$+CF_t+E act$_{38}$+CF_t+E act$_{39}$+ CF_t+E act$_{40}$+CF_t+E act$_{41}$+CF_t+E act$_{42}$+CF_t+E act$_{43}$+CF_t+ E act$_{44}$+CF_t+E act$_{45}$+CF_t+E act$_{46}$+CF_t+Ne act+CF_t+sub CCL+ Ne stat$_2$

（h）交替运用规则 10 与 11，规则 10 运用 2 次，规则 11 运用 1 次以后，

e stat$_1$+sub CCL+e stat$_2$+sub CCL+e stat$_3$+sub CCL+e stat$_4$+ sub CCL+e stat$_5$+sub CCL+e stat$_6$+sub CCL+e stat$_7$+sub CCL+ e stat$_8$+sub CCL+e stat$_9$+CF_t+e stat$_{10}$+sub CCL+e stat$_{11}$+ sub CCL+e stat$_{12}$+CF_t+e act$_1$+sub CCL+e act$_2$+CF_t+e act$_3$+ CF_t+sub CCL+e act$_4$+CF_t+e act$_5$+CF_t+e act$_6$+CF_t+e stat$_{13}$+ sub CCL+Ne stat$_1$+CF_t+e act$_7$+CF_t+sub CCL+e act$_8$+CF_t+e act$_9$+ CF_t+e act$_{10}$+CF_t+e act$_{11}$+CF_t+e act$_{12}$+CF_t+e act$_{13}$+CF_t+e stat$_{14}$+ sub CCL+e stat$_{15}$+sub CCL+e stat$_{16}$+sub CCL+e stat$_{17}$+CF_t+ e act$_{14}$+CF_t+e act$_{15}$+CF_t+e act$_{16}$+CF_t+e act$_{17}$+sub CCL+e act$_{18}$+ CF_t+sub CCL+e act$_{19}$+CF_t+e act$_{20}$+CF_t+sub CCL+e act$_{21}$+CF_t+ e act$_{22}$+CF_t+e stat$_{18}$+CF_t+sub CCL+e act$_{23}$+CF_t+e act$_{24}$+CF_t+ e act$_{25}$+CF_t+e act$_{26}$+CF_t+e act$_{27}$+CF_t+e act$_{28}$+CF_t+e act$_{29}$+CF_t+ e stat$_{19}$+CF_t+sub CCL+e act$_{30}$+CF_t+sub CCL+e act$_{31}$+CF_t+

e act$_{32}$+sub CCL+e act$_{33}$+CF$_t$+e act$_{34}$+CF$_t$+sub CCL+e act$_{35}$+CF$_t$+
e act$_{36}$+CF$_t$+e act$_{37}$+sub CCL+e act$_{38}$+CF$_t$+sub CCL+e act$_{39}$+CF$_t$+
e act$_{40}$+CF$_t$+e stat$_{20}$+CF$_t$+e act$_{41}$+CF$_t$+e act$_{42}$+CF$_t$+e act$_{43}$+CF$_t$+
e act$_{44}$+CF$_t$+e act$_{45}$+CF$_t$+e act$_{46}$+CF$_t$+e act$_{47}$+CF$_t$+e act$_{48}$+
CF$_t$+e act$_{49}$+CF$_t$+e act$_{50}$+sub CCL+e act$_{51}$+CF$_t$+Ne act+CF$_t$+
sub CCL+Ne stat$_2$。

(i) 通过运用规则 12，与（h）相同，除了

Ne stat$_1$→In Ne stat

Ne stat$_2$→In Ne stat^{-1}

(j) 通过运用规则 13，

e stat$_1$+CF$_n$+e stat$_2$+CF$_n$+e stat$_3$+CF$_n$+e stat$_4$+CF$_n$+e stat$_5$+
CF$_n$+e stat$_6$+CF$_c$+e stat$_7$+CF$_n$+e stat$_8$+CF$_n$+e stat$_9$+CF$_t$+e stat$_{10}$+
CF$_n$+e stat$_{11}$+CF$_n$+e stat$_{12}$+CF$_t$+e act$_1$+CF$_n$+e act$_2$+CF$_t$+e act$_3$+
CF$_t$+CF$_c$+e act$_4$+CF$_t$+e act$_5$+CF$_t$+e act$_6$+CF$_t$+e stat$_{13}$+CF$_c$+In
Ne stat+CF$_t$+e act$_7$+CF$_t$+CF$_c$+e act$_8$+CF$_t$+e act$_9$+CF$_t$+e act$_{10}$+
CF$_t$+e act$_{11}$+CF$_t$+e act$_{12}$+CF$_t$+e act$_{13}$+CF$_t$+e stat$_{14}$+CF$_n$+e stat$_{15}$+
CF$_n$+e stat$_{16}$+CF$_n$+e stat$_{17}$+CF$_t$+e act$_{14}$+CF$_t$+e act$_{15}$+CF$_t$+e act$_{16}$+
CF$_t$+e act$_{17}$+CF$_n$+e act$_{18}$+CF$_t$+CF$_c$+e act$_{19}$+CF$_t$+e act$_{20}$+CF$_t$+
CF$_c$+e act$_{21}$+CF$_t$+e act$_{22}$+CF$_t$+e stat$_{18}$+CF$_t$+CF$_c$+e act$_{23}$+CF$_t$+
e act$_{24}$+CF$_t$+e act$_{25}$+CF$_t$+e act$_{26}$+CF$_t$+e act$_{27}$+CF$_t$+e act$_{28}$+CF$_t$+
e act$_{29}$+CF$_t$+e stat$_{19}$+CF$_t$+CF$_n$+e act$_{30}$+CF$_t$+CF$_c$+e act$_{31}$+CF$_t$+
e act$_{32}$+CF$_n$+e act$_{33}$+CF$_t$+e act$_{34}$+CF$_t$+CF$_c$+e act$_{35}$+CF$_t$+e act$_{36}$+
CF$_t$+e act$_{37}$+CF$_n$+e act$_{38}$+CF$_t$+CF$_c$+e act$_{39}$+CF$_t$+e act$_{40}$+CF$_t$+
e stat$_{20}$+CF$_t$+e act$_{41}$+CF$_t$+e act$_{42}$+CF$_t$+e act$_{43}$+CF$_t$+e act$_{44}$+CF$_t$+
e act$_{45}$+CF$_t$+e act$_{46}$+CF$_t$+e act$_{47}$+CF$_t$+e act$_{48}$+CF$_t$+e act$_{49}$+CF$_t$+
e act$_{50}$+CF$_n$+e act$_{51}$+CF$_t$+Ne act+CF$_t$+CF$_c$+In Ne stat^{-1}

(k) 通过运用适当的表达规则，我们得到下列核心简单故事（代表叙事性事件的连接性词语及句子被以斜体字强调；每一行右边的符号，具体说明每一个状态性或行动性事件，并说明其在故事中的地

位：这样 e stat₁ 就指第一个状态性事件，e act₁ 就指第一个行动性事件，以此类推；各种情节段及叙事性情节段，用具体说明它们的符号独立出来）：

ep₁

从前有个小村姑   e stat₁

且 秀丽绝世无双   e stat₂

且 母亲疼她   e stat₃

且 外婆更是对她宠爱有加   e stat₄

且 母亲为她做了一件红色连帽披肩   e stat₅

且 披肩非常适合她   e stat₆

以至于此后无论去哪里……大家都叫她小红帽   e stat₇

而 外婆住在另一村   e stat₈

且 可怜的小红帽并不知道停下脚步听狼说话是多危险的事   e stat₉

ep₂

后来 野狼已经三天没有吃东西了   e stat₁₀

而 外婆正躺在床上   e stat₁₁

因为 她身体不舒服   e stat₁₂

ep₃

后来，有一天，母亲烘烤   e act₁

并 制作了一些糕饼   e act₂

ep₄

然后 她叫小红帽去看……一小罐奶油   e act₃

ep₅

然后，作为结果，小红帽立刻出发，去外婆家   e act₄

ep₆

然后 她经过森林   e act₅

ep₇

然后 她遇见常在邻近出没的野狼   e act₆

N ep₁

故事的语法

然后 野狼渴望吃掉小红帽	e stat$_{13}$
因此 他有了某种欲望	Ne stat$_1$
ep$_8$	
然后 他想到森林里有一些樵夫	e act$_7$
ep$_9$	
然后，作为结果，他不敢吃她	e act$_8$
ep$_{10}$	
然后 他问她要到哪里去	e act$_9$
ep$_{11}$	
然后 可怜的小红帽告诉他要去……母亲要送给外婆的	e act$_{10}$
ep$_{12}$	
然后 野狼问她外婆是否住得很远	e act$_{11}$
ep$_{13}$	
然后 小红帽回答说是……隔壁村的第一间屋子	e act$_{12}$
ep$_{14}$	
然后 野狼说好……看谁先到她家	e act$_{13}$
ep$_{15}$	
然后 野狼抄捷径	e stat$_{14}$
且 他拼命快跑	e stat$_{15}$
而 小红帽则走了较长的路	e stat$_{16}$
且 她享受……的乐趣	e stat$_{17}$
ep$_{16}$	
然后 野狼很快就抵达她外婆家	e act$_{14}$
ep$_{17}$	
然后 他敲门：笃！笃！	e act$_{15}$
ep$_{18}$	
然后 外婆问他是谁	e act$_{16}$
ep$_{19}$	
然后 野狼伪装声音	e act$_{17}$
而且 他说是她外孙女……送给她的	e act$_{18}$

ep₂₀	
然后，作为结果，善良的外婆大声……打开门锁	e act₁₉
ep₂₁	
然后 野狼拉开线轴	e act₂₀
ep₂₂	
然后，作为结果，门就开了	e act₂₁
ep₂₃	
然后 野狼立刻扑向外婆	e act₂₂
ep₂₄	
然后 他已经三天没有吃东西了	e stat₁₈
ep₂₅	
然后，作为结果，他将她吞进肚子里	e act₂₃
ep₂₆	
然后 他关上门	e act₂₄
ep₂₇	
然后 他躺在外婆的床上	e act₂₅
ep₂₈	
然后 他等小红帽	e act₂₆
ep₂₉	
然后，不大一会儿，小红帽抵达了，敲门：笃！笃！	e act₂₇
ep₃₀	
然后 野狼问是谁	e act₂₈
ep₃₁	
然后 小红帽听见野狼沙哑的声音	e act₂₉
ep₃₂	
然后，一开始，她吓一跳	e stat₁₉
ep₃₃	
不过，然后 她以为外婆感冒了	e act₃₀
ep₃₄	

故事的语法

94	*然后*，作为结果，她回答……母亲要送给她的	e act₃₁
	ep₃₅	
	然后 野狼将声音放柔	e act₃₂
	且 他大声吩咐她……打开门锁	e act₃₃
	ep₃₆	
	然后 小红帽拉开线轴	e act₃₄
	ep₃₇	
	然后，作为结果，门就开了	e act₃₅
	ep₃₈	
	然后 野狼见到小红帽进门	e act₃₆
	ep₃₉	
	然后 野狼躲在床单里面	e act₃₇
	且 对她说将糕饼和奶油……到床上陪我	e act₃₈
	ep₄₀	
	然后，作为结果，小红帽脱下衣服	e act₃₉
	ep₄₁	
	然后 她爬到床上	e act₄₀
	ep₄₂	
	然后 她看到"外婆"没穿衣服的样子，非常惊讶	e stat₂₀
	ep₄₃	
	然后 她告诉"外婆"她的手臂好粗	e act₄₁
	ep₄₄	
	然后 "外婆"回答她这样才好拥抱她	e act₄₂
	ep₄₅	
	然后 她告诉"外婆"她的大腿也好大	e act₄₃
95	ep₄₆	
	然后 "外婆"回答她这样才好跑步	e act₄₄
	ep₄₇	
	然后 她告诉"外婆"她的耳朵也好大	e act₄₅
	ep₄₈	

然后"外婆"回答她这样才能更清楚地听她说话	e act$_{46}$
ep$_{49}$	
然后她告诉"外婆"她的眼睛也好大	e act$_{47}$
ep$_{50}$	
然后"外婆"回答她这样才能更清楚地看她	e act$_{48}$
ep$_{51}$	
然后她告诉"外婆"她的牙齿也好大	e act$_{49}$
ep$_{52}$	
然后"外婆"回答她这样才容易吃掉她	e act$_{50}$
而且邪恶的野狼转身扑向小红帽	e act$_{51}$
N ep$_2$	
然后他将她吞噬了	Ne act
N ep$_3$	
然后,作为结果,他的欲望得到了满足	Ne stat$_2$

C. 给定上述核心简单故事

(a) 通过运用 T_{1c},我们得到:

SA:X—Str ev—CF$_n$—e stat$_9$—CF$_t$—Str ep—CCL—ep$_{11}$—CF$_t$—Str ep—Y

SC:1—2—3—4—5—6—7—8—9—10—11→1—2—5—6—7—8—3—before 5 at the same time as 2—4—9—10—11

这可以用下文来表示:

从前有个小村姑……而外婆住在另一村;后来野狼已经三天没有吃东西了……然后他问她要到哪里去,然后可怜的小红帽告诉他要去……而(在"后来野狼……"之前,与"从前……"同时)可怜的小红帽并不知道停下脚步听狼说话是多危险的事;然后野狼问她外婆是否住得很远……

(b) 通过再次运用 T_{1c},我们得到:

SA:X—Str ev—CF$_n$—e stat$_8$—CF$_t$—Str ep—CCL—ep$_5$—CF$_t$—Str ep—Y

SC：1—2—3—4—5—6—7—8—9—10—11→1—2—5—6—7—8—3—before 5 at the same time as 2—4—9—10—11

这可以用下文来表示：

从前有个小村姑……无论去哪里，大家都叫她小红帽；后来野狼已经三天没有吃东西了……然后她叫小红帽去看……然后，作为结果，小红帽立刻出发，去外婆家，而（在"后来野狼……"之前，与"从前……"同时）外婆住在另一村，然后她经过森林……

(c) 通过再次运用 T_{1c}，我们得到：

SA：X—Str ev—CF_n—Str ev（e $stat_{11}$ CF_n e $stat_{12}$）—CF_t—Str ep—CCL—ep_{20}—CF_t—Str ep—Y

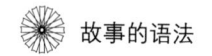

SC：1—2—3—4—5—6—7—8—9—10—11→1—2—5—6—7—8—3—before 5 at the same time as 2—4—9—10—11

这可以用下文来表示：

野狼已经三天没有吃东西了……后来，有一天，母亲烘烤……然后，作为结果，善良的外婆大声……而（在"后来，有一天，母亲烘烤"之前，与"野狼已经三天没有吃东西了"同时）外婆正躺在床上，因为她身体不舒服；然后野狼拉开线轴……

(d) 通过运用 T_{2b}，我们得到：

SA：X—Str ep—CF_t—ep_8—CF_t—CF_c—ep_9—CF_t—Str ep—Y

SC：1—2—3—4—5—6—7—8—9—10→1—2—3—7—CF because—before 7 after 2—4—8—9—10

这可以用下文来表示：

野狼渴望吃掉小红帽……然后，作为结果，他不敢吃她，因为（在"他不敢……"之前，而在"他渴望吃掉小红帽"之后）他想到森林里有一些樵夫；然后他问她要到哪里去……

(e) 通过再次运用 T_{2b}，我们得到：

SA：X—Str ep—CF_t—ep_{24}—CF_t—CF_c—ep_{25}—CF_t—Str ep—Y

SC：1—2—3—4—5—6—7—8—9—10→1—2—3—7—CF because—before 7 after 2—4—8—9—10

这可以用下文来表示:

野狼立刻扑向外婆,然后,他将她吞进肚子里,因为(在"他将她吞进肚子里"之前,在"他扑向外婆"之后)他已经三天没有吃东西了;然后他关上门……

(f) 通过运用 T_{3b},我们得到:

SA: X—CCL—e stat$_{10}$—Y

SC: 1—2—3—4→1—CCL—e stat$_{10_0}$—Y

亦即:"然后野狼已经三天没有吃东西了"被归零了。

(g) 通过运用 T_{3c},我们得到:

SA: X—sub CCL—Ne stat$_1$—Y

SC: 1—2—3—4→1—sub CCL$_0$—Ne stat$_{10}$—Y

亦即:"因此他有了某种欲望"被归零了。

(h) 通过运用 T_{3a},我们得到:

SA: X—CCL—Ne stat$_2$—Y

SC: 1—2—3—4→1—CCL$_0$—Ne stat$_{2_0}$—Y

亦即:"由此他的欲望得到了满足"被归零了。

现在我们就有了如下简单故事:

从前有个小村姑,且秀丽绝世无双,而母亲疼她,且外婆更是对她宠爱有加,而母亲为她做了一件红色连帽披肩,且披肩非常适合她,以至于此后无论去哪里,大家都叫她小红帽。

后来,有一天,母亲烘烤并制作了一些糕饼;然后她叫小红帽去看外婆,因为她听说她病了,并带糕饼和一小罐奶油去。然后,作为结果,小红帽立刻出发,去住在另一村的外婆家。然后她经过森林;然后她遇见常在邻近出没的野狼;然后野狼渴望吃掉小红帽;然后,他不敢吃她,因为他想到森林里有一些樵夫;然后他问她要到哪里去;然后可怜的小红帽告诉他要去看外婆并带去母亲送她的糕饼和一小罐奶油,而可怜的小红帽并不知道停下脚步听狼说话是多危险的事;然后野狼问她外婆是否住得很远;然后小红帽回答说是的,在磨坊右边,隔壁村的第一间屋子。然后野狼说好吧,他也想去看她,他走这边,她走那边,看

故事的语法

谁会先到她家。

然后野狼抄捷径，且他拼命快跑；而小红帽则走了较长的路，且她享受沿路搜集坚果、追逐蝴蝶、编织花篮的乐趣。

然后野狼很快就抵达她外婆家；然后他敲门：笃！笃；然后外婆问他是谁；然后野狼伪装声音；而且他说是她外孙女小红帽，带来了母亲送她的糕饼和一小罐奶油；然后，作为结果，善良的外婆大声吩咐他拉开线轴就可以打开门锁，而外婆正躺在床上，因为她身体不舒服。然后野狼拉开线轴，然后，作为结果，门就开了；然后野狼立刻扑向外婆，然后，他一口将她吞进肚子里。因为野狼已经三天没有吃东西了。然后他关上门；然后他躺在外婆的床上；然后他等小红帽。然后，不大一会儿，小红帽抵达了，敲门：笃！笃；然后野狼问是谁；然后小红帽听见野狼沙哑的声音；然后，作为结果，她吓一跳；不过，然后她以为外婆感冒了；然后，作为结果，她回答说是她的外孙女小红帽，带了母亲要送给她的一些糕饼和一小罐奶油；然后野狼将声音放柔；且他大声吩咐她拉开线轴就可以打开门锁；然后小红帽拉开线轴；然后，作为结果，门就开了。

然后野狼见到小红帽进门；然后野狼躲在床单里面；且同时对她说将糕饼和奶油放在橱子上，然后到床上陪他。然后，作为结果，小红帽脱下衣服；然后她爬到床上；然后她看到外婆没穿衣服的样子，非常惊讶；然后她告诉外婆她的手臂好粗；然后外婆回答她这样才好拥抱她；然后她告诉外婆她的大腿也好大；然后外婆回答她这样才好跑步；然后她告诉外婆她的耳朵也好大；然后外婆回答她这样才能更清楚地听她说话；然后她告诉外婆她的眼睛也好大；然后外婆回答她这样才能更清楚地看她；然后她告诉外婆她的牙齿也好大；然后外婆回答她这样才容易吃掉她；而且同时邪恶的野狼转身扑向小红帽，然后他将她吞噬了。

上述用语法 G 和几条单一转换规则描述的简单故事，与佩罗的《小红帽》版本仅在文体上有所不同，在结构与信息内容上是相同的。

结 论

本书所建立的故事语法由两套主要规则组成：（1）一套有限的简单改写规则，它将某结构分派给任何核心简单故事，亦即任何可作如下界定的故事：（a）它包含一个且仅包含一个最小故事（有三个叙事性事件且仅为三个），（b）其事件处于空间—时间顺序中，（c）任何与第二个叙事性事件同时发生的事件，必须出现于它的前面，（d）任何与最后一个叙事性事件同时发生的事件，必须出现在它的后面。（2）一套有限的转换规则，既包括单一转换又包括综合转换；它们在由第一套规则产生的线索上运行，或者在已经被转换的线索上运行，用以说明非核心简单故事的结构，例如其中的事件不是以空间—时间顺序排列的那些故事、包含一个以上最小故事的故事等。

事实上，这一语法能够为所有这样的故事组群而且仅仅是这样的故事组群分派某种特定结构：它们被广泛地而且是直觉地确认为故事。它也适用于确定任何两个这样的组群之间的确切关系。

还有，事实上，这一语法并非完美无缺，而且它必须历经大小不一的重要改变，以更彻底地符合要求。我们希望这样一套更加严密地设计出来的语法，不仅能为故事派定更为精确的结构，而且使我们对故事的本质有更好的理解，并开拓出宽广的研究领域。

参考文献

Arrivé，Michel

 1968 "Stylistique littéraire et sémiotique littéraire"，*La Nouvelle Critique*，no. spécial，171 - 174.

 1969 "Postulats pour la description linguistique des textes littéraires"，*Langue Française*，no. 3，3 - 13.

米歇尔·阿里夫

 1968 《文学文体学与文学符号学》，载《小说批评》，特刊，171～174 页。

 1969 《作为文学文本语言描述的假设》，载《法语》，第 3 期，3～13 页。

Bach，Emmon

 1964 *An Introduction to Transformational Grammars*（New York）.

艾蒙·巴赫

 1964 《转换语法导论》（纽约）。

Balzac，Honoré de

 1963 *Une Ténébreuse Affaire*（Paris，Le Livre de Poche）.

奥诺雷·德·巴尔扎克

 1963 《一桩神秘案件》（巴黎，袖珍本）。

   【中译本：郑永慧译，北京，人民文学出版社，1983】

Barthes, Roland

1966 "Introduction à l'analyse structurale des récits", *Communications*, no. 8, 1 - 27.

1968 "L'Effet de réel", *Communications*, no. 11, 84 - 88.

罗兰·巴尔特

1966 《叙事作品结构分析导论》，载《交流》，第 8 期，1～27 页。

【中译本：《叙事作品结构分析导论》，张寅德译，见张寅德编选：《叙述学研究》，北京，中国社会科学出版社，1989；《叙事作品结构分析导论》，张裕禾译，见《符号学美学》，沈阳，辽宁人民出版社，1987；《叙述结构分析导言》，谢立新译，赵毅衡校，见赵毅衡编选：《符号学文学论文集》，天津，百花文艺出版社，2004】

1968 《真实的效果》，载《交流》，第 11 期，84～88 页。

【中译本：邓丽丹译，载《外国文学报道》，1987（6）】

Bremond, Claude

1964 "Le Message narratif", *Communications*, no. 4, 4 - 32.

1966 "La Logique des possibles narratifs", *Communications*, no. 8, 60 - 76.

1968 "Postérité américaine de Propp", *Communications*, no. 11, 148 - 164.

克洛德·布雷蒙

1964 《叙述信息》，载《交流》，第 4 期，4～32 页。

1966 《叙述可能之逻辑》，载《交流》，第 8 期，60～76 页。

【中译本：张寅德译，见张寅德编选：《叙述学研究》，北京，中国社会科学出版社，1989】

1968 《普罗普的美国后裔》，载《交流》，第 11 期，148～164 页。

Champigny, Robert

1963 *Le Genre Romanesque* (Monte-Carlo).

罗伯特·查姆皮格尼

1963 《小说的类型》（蒙特-卡洛）。

Chomsky, Noam

1957 *Syntactic Structures* (The Hague).

1961a "On the Notion 'Rule of Grammar'", *Proceedings of the Twelfth Symposium in Applied Mathematics*, XII, 6-24.

1961b "Some Methodological Remarks on Generative Grammar", *Word*, XVII, 219-239.

1962 "A Transformational Approach to Syntax", in A. A. Hill, ed., *Proceedings of the 1958 Conference on Problems of Linguistic Analysis in English* (Austin, Texas), 124-158.

1965 *Aspects of the Theory of Syntax* (Cambridge, Mass.).

诺姆·乔姆斯基

1957 《句法结构》（海牙）。

【中译本：邢公畹等译，北京，中国社会科学出版社，1979】

1961a 《论"语法规则"的概念》，见《第12次应用数学讨论会会刊》，第12卷，6~24页。

1961b 《关于生成语法的若干方法论评论》，载《语词》，第XVII卷，219~239页。

1962 《句法转换分析方法》，见 A. A. 黑尔主编：《1958年英语语言分析问题研讨会会刊》（奥斯汀，得克萨斯），124~158页。

1965 《句法理论的若干问题》（剑桥，麻省）。

【中译本：黄长著等译，北京，中国社会科学出版社，1986】

Deighton, Len

1966 *Billion Dollar Brain* (Middlesex, Penguin Books).

莱恩·戴腾

1966 《亿万头脑》（米德尔塞克斯，企鹅图书）。

Dorfman, Eugene

1956 "The Structure of the Narrative: A Linguistic Approach", *History of Ideas Newsletter*, II, 63-67.

1969 *The Narreme in the Medieval Romance Epic: An Introduction to Narrative Structures* (Toronto).

尤吉纳·多夫曼

1956 《叙事的结构：语言学方法》，载《思想史通讯》，第II卷，63~67页。

1969　《中世纪浪漫史诗的叙述元：叙事结构导论》（多伦多）。

Ducasse，C. J.
　　1968　*Truth，Knowledge and Causation*（London）.
C. J. 杜卡斯
　　1968　《真理、知识与因果关系》（伦敦）。

Dundes，Alan
　　1962a　"Trends in Content Analysis：A Review Article"，*Midwest Folklore*，XII，no. 1，31-38.
　　1962b　"From Etic to Emic Units in the Structural Study of Folktales"，*Journal of American Folklore*，LXXV，95-105.
　　1964　*The Morphology of North American Indian Folktales*（Helsinki）.
阿兰·邓迪斯
　　1962a　《内容分析之趋向：一篇评论》，载《中西部民间故事》，第 XII 卷，第 1 号，31～38 页。
　　1962b　《民间故事结构研究：从非功能关系单位到功能关系单位》，载《美国民间故事学报》，第 LXXV 卷，95～105 页。
　　1964　《北美印第安民间故事形态学》（赫尔辛基）。

Erlich，Victor
　　1955　*Russian Formalism：History-Doctrine*（The Hague）.
维克多·埃里奇
　　1955　《俄国形式主义的历史》（海牙）。

Genette，Gérard
　　1968　"Vraisemblable et motivation"，*Communications*，no. 11，5-21.
热拉尔·热奈特
　　1968　《可能与动机》，载《交流》，第 11 期，5～21 页。

Greimas，A. J.
　　1966a　*Sémantique structurale：recherche de méthode*（Paris）.

1966b "Eléments pour une théorie de l'interprétation du récit mythique", *Communications*, no. 8, 28 - 59.

1967 "La Structure des actants du récit, Essai d'approche générative", *Word*, XXIII, no. 1 - 2 - 3, 221 - 238.

A. J. 格雷马斯

1966a 《结构语义学：方法研究》（巴黎）。

【中译本：吴泓缈译，北京，三联书店，1999】

1966b 《建立一门阐释神话叙事的理论》，载《交流》，第 8 期，28～59 页。

【中译本：见《论意义——符号学论文集》，上册，吴泓缈、冯学俊译，天津，百花文艺出版社，2005】

1967 《叙事行动元的结构：生成方法研究》，载《语词》，第 XXIII 卷，第 1 - 2 - 3 期，221～238 页。

【中译本：见《论意义——符号学论文集》，上册，吴泓缈、冯学俊译，天津，百花文艺出版社，2005】

Guenoun, Denis

1968 "A Propos de l'analyse structurale des récits", *La Nouvelle Critique*, no. spécial, 65 - 70.

丹尼斯·古恩诺

1968 《关于叙事结构分析的问题》，载《小说批评》，特刊，65～70 页。

Harris, Zellig

1962 *String Analysis of Sentence Structure* (The Hague).

泽里格·海里斯

1962 《句子结构的线索分析》（海牙）。

Hendricks, William O.

1965 "Linguistics and the Structural Analysis of Literary Texts", University of Illinois dissertation.

1967 "On the Notion 'Beyond the Sentence'", *Linguistics*, no. 37, 12 - 51.

威廉·O·亨德里克斯

1965 《语言学与文学文本的结构分析》，伊利诺伊大学学位论文。

1967 《论"超越句子"概念》，载《语言学》，第 37 期，12～51 页。

参考文献

Köngäs,Elli K,and Pierre Maranda

    1962   "Structural Models in Folklore",*Midwest Folklore*,XII,no.3,133 - 192.

艾里·K·康佳斯、皮埃尔·马兰达

    1962 《民间故事结构模式》,载《中西部民间故事》,第 XII 卷,第 3 号,133～192 页。

Kristeva,Julia

    1968   "Problèmes de la structuration du texte",*La Nouvelle Critique*,no. spécial,55 - 64.

    1969   "Narration et transformation",*Semiotica*,I,no.4,422 - 448.

居莉亚·克里斯蒂娃

    1968 《文本结构诸问题》,载《小说批评》,特刊,55～64 页。

    1969 《叙述与转换》,载《符号学》,第 I 卷,第 4 期,422～448 页。

Labov,William and Joshua Waletzky

    1966   "Narrative Analysis. Oral Versions of Personal Experience",*Essays on the Verbal and Visual Arts. Proceedings of the Annual Spring Meeting of the American Ethnological Society*,12 - 44.

威廉·拉波夫、乔舒亚·瓦莱茨基

    1966 《叙事分析:个人经验的口述版本》,见《语言与视觉艺术论集》,《美国人类学会年度春季会议会刊》,12～44 页。

Lévi-Strauss,Claude

    1958   *Anthropologie structurale*(Paris).

克洛德·列维-斯特劳斯

    1958 《结构人类学》(巴黎)。

        【中译本:张祖建译,北京,中国人民大学出版社,2006】

Mendilow,A. A.

    1952   *Time and the Novel*(London).

A. A. 门迪洛

    1952 《时间与小说》(伦敦)。

故事的语法

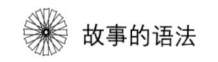

Morin, Violette

  1966 "L'Histoire drôle", *Communications*, no. 8, 102 - 119.

瓦莱特·莫兰

  1966 《滑稽故事》,载《交流》,第 8 期,102~119 页。

Neumayer, Peter F.

  1969 "The Child as Storyteller: Teaching Literary Concepts Through Tacit Knowledge", *College English*, XXX, no. 7, 515 - 517.

彼得·F·纽梅耶

  1969 《作为故事讲述者的孩子:经由习惯知识的文学概念教学》,载《大学英语》,第 XXX 卷,第 7 期,515~517 页。

Peytard, Jean

  1968 "Rapports et interférences de la linguistique et de la littérature (introduction à une bibliographie)", *La Nouvelle Critique*, no. spécial, 8 - 16.

让·皮塔德

  1968 《语言学和文学的相互关系与影响(参考书目介绍)》,载《小说批评》,特刊,8~16 页。

Pike, Kenneth L.

  1964 "Discourse Analysis and Tagmeme Matrices", *Oceanic Linguistics*, III, no, 1, 5 - 25.

  1967 *Language in Relation to a Unified Theory of the Structure of Human Behavior* (The Hague).

肯奈斯·L·派克

  1964 《话语分析与法位方阵》,载《大洋洲语言学》,第 III 卷,第 1 期,5~25 页。①

  1967 《关于人类行为结构统一理论的语言》(海牙)。

Postal, Paul

  1964 *Constituent Structure. A Study of Contemporary Models of Syntactic*

---

① Tagmeme,法位,肯奈斯创造的术语,是所有层面上最小的形式单位。——译者注

Description（The Hague）.

保罗·珀斯塔

    1964   《结构成分：当代句法描述模式研究》（海牙）。

Pouillon, Jean

    1946   *Temps et roman*（Paris）.

让·普劳恩

    1946   《时间与小说》（巴黎）。

Prince, Ellen F.

    1970   "*Be-ing*: A Synchronic and Diachronic Study", *Transformations and Discourse Analysis Papers*, no. 81, University of Pennsylvania.

艾林·F·普林斯

    1970   《"是"：共时与历时研究》，见《转换与话语分析论文集》，第81期，宾夕法尼亚大学。

Prince, Gerald

    1968   *Métaphysique et technique dans l'auvre romanesque de Sartre*（Genève）.

    1969   "Towards a Normative Criticism of the Novel", *Genre*, II, no, 1, 1-8.

    1971   "On Readers and Listeners in Narrative", *Neophilologus*, LV, no. 2, 117-122.

杰拉德·普林斯

    1968   《形而上学和萨特小说中的技巧》（日内瓦）。

    1969   《走向小说的标准批评》，载《文类》，第Ⅱ卷，第1期，1~8页。

    1971   《论叙事中的读者与听者》，载《新语文》，第LV卷，第2期，117~122页。

Propp, Vladimir

    1958   *Morphology of the Folktale*（Bloomington）.

弗拉基米尔·普罗普

    1958   《民间故事形态学》（布鲁明顿）。

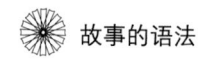

【中译本：《故事形态学》，贾放译，施用勤校，北京，中华书局，2006】

Scott, Charles T.

 1969 "On Defining the Riddle: The Problem of a Structural Unit", *Genre*, II, no. 2, 129-142.

查理斯·T·斯科特

 1969 《论谜语的定义：结构单位问题》，载《文类》，第 II 卷，第 2 期，129～142 页。

Todorov, Hristo

 1968 "Logique et temps narratif", *Information sur les Sciences Sociales*, VII, no. 6, 41-49.

里斯托·托多罗夫

 1968 《逻辑与叙事时间》，载《社会科学信息》，第 VII 卷，第 6 期，41～49 页。

Todorov, Tzvetan

 1965 *Théorie de la littérature* (Paris).

 1966 "Les Catégories du récit littéraire", *Communications*, no. 8, 125-151.

 1967 *Littérature et signification* (Paris).

 1968a "Poétique", in Oswald Ducrot et al., *Qu'est-ce que le structuralisme?* (Paris), pp. 97-166.

 1968b "La Grammaire du récit", *Langages*, no. 12, 94-102.

 1969 "La Quête du récit", *Critique*, XXV, no, 262, 195-214.

 1970 *Grammaire du Décameran* (The Hague).

茨维坦·托多罗夫

 1965 《文学理论》（巴黎）。

  【中译本：《俄苏形式主义文论选》，蔡鸿滨译，北京，中国社会科学出版社，1989】

 1966 《叙事文学的分类》，载《交流》，第 8 期，125～151 页。

 1967 《文学与符号学》（巴黎）。

 1968a 《诗学》，见奥斯瓦尔德·杜克洛特编：《何为结构主义？》（巴黎），

97～166 页。

【中译本：沈一民、万小器译，见赵毅衡编选：《符号学文学论文集》，天津，百花文艺出版社，2004】

1968b 《叙事的语法》，载《语言》，第 12 期，94～102 页。

1969 《叙事的探寻》，载《批评》，第 XXV 卷，第 262 期，195～214 页。

1970 《〈十日谈〉的语法》（海牙）。

索 引

Active event，行动性事件，29，30，31，32，41，43，47
Active sentence，行动性句子，30，32
Alternation，交替，72，73，74，76
Aristotle，亚里士多德，48
Arrivé, Michel，米歇尔·艾瑞弗，11

Bach, Emmon，艾蒙·巴奇，10，32，63，77
Balzac，巴尔扎克，43，49，62，63
Barth, John，约翰·巴思，58
Barthes, Roland，罗兰·巴尔特，9，11，12，16，17，26，63
Beckett, Samuel，萨缪尔·贝克特，24
Bremond, Claude，克洛德·布雷蒙，11，12，16，20，23

Camus, Albert，阿尔伯特·加缪，25

Causal relationship，因果关系，24，25，45
Causality，因果性，25
Champigny, Robert，罗伯特·查姆皮格尼，23
Chomsky, Noam，诺姆·乔姆斯基，5，10，17，32，63，77
Christic, Agatha，阿加莎·克里斯蒂克，43
Chronology，时间关系，23，26
Complex story，复杂故事，71 标题
Component story，成分故事，72，73，74，75，76，77，78
Conjoining，结合，72，76
Conjunctive feature，连接成分，18，19，20，21，22，23，24，31，32，38 各处
Conjunctive term，连接性词语，18，

索 引

30，32

Degree of grammaticalness, 合语法性程度，10

Deighton, Len, 莱恩·戴顿，62

Dorfman, Eugene, 尤吉纳·多夫曼，11

Dos Passos, John, 约翰·多斯·帕索斯，59

Ducasse, C. J., C. J. 杜卡塞，42

Ducrot, Oswald, 奥尔斯瓦德·杜克洛特，11

Dundes, Alan, 阿兰·邓迪斯，10，11，12，28

Embedding, 嵌入，72，73，74，76，77

Episode, 情节段，45，46，47，51，65，69

Erlich, Victor, 维克多·埃里奇，11

Event, 事件，17，18，19，20，21，22，23，24，25，26 各处

Expression rules, 表达规则，35，36

Generalized transformation, 综合转换，77，78，80，81，83，101

Genette, Gérard, 热拉尔·热奈特，63

Grammar G, 语法 G，53，56，63，64，66，69，70，80，81

Grammar of kernel simple stories, 核心简单故事语法，49-51

Grammar of minimal stories, 最小故事语法，32，34，35，49

Grammar of stories, 故事语法，5，10，11，13，15，53，69，101

Greimas, A. J., A. J. 格雷马斯，11，20，23

Guenoun, Denis, 丹尼斯·古恩诺，12

Harris, Zellig, 泽里格·海里斯，51

Hendricks, William O., 威廉·O·亨德里克斯，11，51

James, Henry, 亨利·詹姆斯，49

Kernel simple story, 核心最小故事，5，38 标题，56，63，68，69，78

Köngäs, Elli K, 艾里·K·康佳斯，11

Kristeva, Julia, 居莉亚·克里斯蒂娃，64

Labov, William, 威廉·拉波夫，46，47

Lévi-Strauss, Claude, 克洛德·列维-斯特劳斯，11，12

Logical order, 逻辑顺序，26，27

Maranda, Pierre, 皮埃尔·马兰达，11

Mendilow, A., A. 门迪洛，23

Meredith, George, 乔治·梅瑞迪斯，49

105

Minimal story，最小故事，5，6，18 及以后页面，39，40，41，45，47 各处

Morin, Violette，瓦莱特·莫兰，20

Narrative event，叙事性事件，40，41，42，46，61，62，63，69，71，72，73，74

Narrative episode，叙事性情节段，46，65，69

Narrativity，叙事性，41

Neumayer, Peter F.，彼得·F·纽梅耶，9

Perrault, Charles，夏尔·佩罗，5，84

Peytard, Jean，让·皮塔德，11

Pike, Kenneth L.，肯奈斯·L·派克，27

Postal, Paul，保罗·珀斯塔，10，32

Pouillon, Jean，让·普劳恩，23

Prince, Ellen F.，艾林·F·普林斯，30

Prince, Gerald，杰拉德·普林斯，17，25，63

Propp, Vladimir，弗拉基米尔·普罗普，10，12，16，28，63，72

Proust, Marcel，马塞尔·普鲁斯特，58，77

Robbe-Grillet, Alain，阿兰·罗伯-格里耶，23，24

Romains, Jules，儒勒·罗曼，59

Sartre, Jean-Paul，让-保尔·萨特，24，43，59

Scott, Charles T.，查理斯·T·斯科特，17

Sentence，句子，17，18，19，20，26，29

Simple story，简单故事，56 以后各页，72，73，74，75

Singular transformation，单一转换，64，68，69，70，77，78，83，100，101

Spatial order，空间顺序，26

Spatio-chronological order，空间—时间顺序，39，40，44，45，101

Spillance, Mickey，米奇·斯皮兰，43

Stative event，状态性事件，29，30，31，32，41，43，47

Stative sentence，状态性句子，30，32

Story，故事，5，9，10，11，12，13，14，15，16，17 各处

Story order，故事顺序，57，58，60

Storyness，非故事，13

Todorov, Hristo，里斯托·托多洛夫，47

Todorov, Tzvetan，茨维坦·托多罗夫，11，12，16，17，23，27，28，31，57，58，59，72，73，74

Tomachevski, Boris，鲍里斯·托马舍夫斯基，16

Transformational rules,转换规则,51,53,63,64,69,70,77,80,101

Van Dine, S.,S·范·达因,43

Waletzky, Joshua,乔舒亚·瓦莱茨基,46,47

Woolf, Virginia,弗吉尼亚·伍尔夫,49

Zeroed event,归零事件,60,61,62

Zeroing,归零,31,62

中译本附录：
普林斯叙事理论近作三篇

关于叙事之本质的四十一问

1. 叙事（narrative）、非叙事（nonnarrative）、反叙事（antinarrative）之间，如果存在区别，那么区别在哪里？

2. 像罗伯-格里耶的《嫉妒》这样的文本，应该算是（一个）叙事呢，还是（一个）反叙事？

3. 在一个叙事中，除了叙事，是否还有别的什么？

4. 是否可以有这样一个实体，它是叙事的，却并非一个叙事？

5. 叙事是否是一种再现（representation）？

6. 用本维尼斯特的术语，一个叙事，是一个符号实体（被组织为叙事的实体）吗？是一个语义实体（被理解为叙事的实体）吗？

7. 是否所有叙事都以同一个表现方式为特征（像热奈特所认为的那样）？

8. 足球比赛的转播是否也是一个叙事？

9. 一场戏剧演出，可否算是（一个）叙事？

10. 是否应该在下列三者中作出区分？一是作为对特定类型的内容之呈现的叙事，二是作为呈现方式（其特征是有一个代理人讲述某事）的叙事，三是作为文类的叙事。

11. 一段记忆，是否也是（一个）叙事？

12. 一场梦，是否也是（一个）叙事？

13. 对于一个（且仅仅是一个）状态的表述，是否也是（一个）叙事？例如，"这个球是红色的"，"玛丽很开心"，"莎莉很冷漠"。

14. 对于两个或两个以上（无联系或只有随机性联系的）状态的表述，是不是（一个）叙事？

15. 对于时间序列中其他无联系的状态之表述，是不是（一个）叙事？

16. 对于被时间序列化的、同时又以其他方式联系起来的状态的表述，是不是（一个）叙事？

17. 像"天气很暖和，后来天气很冷"之类，是不是（一个）叙事？

18. 对于一个单独过程的表述——例如"天在下雨"，"彼得在编织"，"玛丽在做饭"，或者"他们在打牌"——是不是（一个）叙事？

19. 对事件（affairs）中的单独一个事件（event）、一次事故（happening）、一个变化的表述，是不是（一个）叙事？

20. 对相互矛盾的事件之表述，是不是（一个）叙事？

21. 对两个或两个以上（无联系或只有随机联系的）非同时事件之表述，是不是（一个）叙事？

22. 用哈洛尔德·莫舍尔（Harold Mosher）的术语说，叙述化的描写、描写化的叙述，以及（一个）叙事，这三者之间的区别何在？

23. 如果说（一个）叙事必然与时间性以及时间的进展不可分割，那么是否所有在时间中展开或者占用了时间的呈现，都构成（一个）叙事？

24. 如果说呈现至少一次状态变化对于构成（一个）叙事来说是必

109

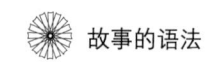

要的，那么是否对于任意重要性程度的事物之呈现，仅凭包括了这样一个被呈现的变化，就足以成为叙事？

25. 对未来的变化之表述，是不是（一个）叙事？

26. 对假设的变化之表述，是不是（一个）叙事？

27. 一个预言、一个占卜、一套训诫，是不是（一个）叙事？

28. 如果像尼尔森·古德曼（Nelson Goodman）所称，关于一片森林的图画暗示着树从种子成长起来，关于一座房子的图画暗示着树因它而被砍掉，那么这些图画是不是叙事？

29. 是否所有叙事都是故事？

30. "国王死了"，这是不是一个故事？

31. "国王死了，后来王后也死去"，这是不是一个故事（在该术语的通常意义上，而不是在福斯特的意义上）？

32. 年鉴——亦即对一些连续年份中发生的事件的叙述——是否构成故事？

33. 讣告是否构成故事？

34. 什么是最小故事？

35. 完整故事与不完整故事之间的区别是什么？

36. 处方或者用户说明书是否构成故事？

37. 会不会有些呈现比另一些更有叙事性？

38. 会不会有些非叙事呈现比另一些非叙事呈现更有叙事性？

39. 叙事性程度之别，是不是描写化叙述、纯粹事件编年罗列、故事这三者之间的诸多区别之一？

40. 关于（诸）叙事及叙事性之狭义和广义的界定，各有何利弊？

41. 某物构成（一个）叙事，其充分且必要条件有哪些？

感谢布雷恩·理查德森（Brian Richardson）的建议。

原载《文体》（*Style*）杂志第34卷第2号，2000年夏季

叙事资格、叙事特质、叙事性、可叙述性

叙事学研究以"叙事"（narratives）为特定对象，既研究其共同性，又研究其相互之间的区别，而且已经有了关于这些对象的各种各样（限制性或大或小）的定义，以及有关"什么是（一个）叙事"这一问题的各种各样的答案。有些理论家与研究者把叙事定义为讲述一个或多个事件的文字产品，另一些则把它定义为对于事件的一切种类的表现（包括依靠静态或动态图片的非文字叙事），例如，手势（gestures）或其组合。有人坚称它们必须包含因果关系，必须寄身于个别的人与事当中，必须有人类经验作支撑，必须成为一个整体。对这些规则，另一些人则或者完全不同意，或者部分地不同意，或者不同意其中之一。[①] 就我本人而言，在下面的讨论中将采用这样的定义：一个对象，如果它被看作对于至少两个不同时的、也不互相预设或包含的事件之逻辑上一致的表现，那它就是一个叙事。这一定义既灵活又具限制性，它有多个优点（除了与普遍持有的关于叙事之本质的观点并不冲突之外）。举例来说，该定义区分了叙事与非叙事（特别是叙事与对于一个事件或行动的单纯复现、事态经过或状态的单纯描述）。它也通过厘定叙事，从而区别了叙事与所谓的反叙事（例如罗伯-格里耶的《嫉妒》）。此外，尽管它可能颇多束缚，却仍能从对象身上析离出许多不确定的方面，并为大量的变异性留下了空间。例如，它没有言及叙事中谎言的真实性——实存性抑或虚构性，寻常性抑或艺术性。它没有具体指明其所讲述的题材及所发展的主题的种类。它也没有限定其潜在的数量，或者限制其表现

[①] 例如，参见巴尔（1997），巴尔特（1975），弗卢德尼克（1996），热奈特（1980），赫尔曼（2002），詹尼迪斯（2003），里瓦兹（1997），雷伊（1991），利科（1984），施密德（2003）。

模式或媒介。另外，它也服务于我的论证目的。①

这些定义回答的是"什么是一个叙事"的问题，它们指示哪些实体（entities）构成叙事（具体指明由"叙事"这一名词所派定的对象的类别），并由此外延式地点出叙事之特征［**叙事性**（narrativity）的一个侧面，我称之为**叙事资格**（narrativehood）］。它们同时也回答了一个稍有不同的问题——"什么是叙事？"——关乎某种特质（quality）而不是某个本体（entity），聚焦于一个形容词，而不是名词，指明一系列特性（traits）而不是一系列对象，并由此内涵式地点出叙事之特征［叙事性的另一个侧面，我称之为**叙事特质**（narrativeness）］：任何对象都可以通过无限多种方式、作为无限多种事物加以限定，一个对象，如果它显示出与叙事相关的（某些）特性，特别是，如果它是对于至少两个不同时事件的逻辑一致的表现，等等，那么它就是（就可以被限定为）叙事。这样，叙事学家们就已经颇具意义地（尽管不是排他地）感兴趣于是什么使得一个对象——尤其是一个叙事——成为叙事。早在1964年，克洛德·布雷蒙在《叙事信息》中就指出："普罗普在俄罗斯民间故事中所研究的［……］是意义的自主层面，它被赋予一种结构，该结构可以从信息整体——叙事中分离出来。"② 让-米切尔·亚达姆在《叙事》中强调并发展了这一观点。在对表现媒介问题加以分类之后，他把叙事的意义层确定为文本中存在的若干本文类型（描写体、说明体、对话体等）之一。他同时指出，文本还有一个特征：几种类型结合并以其中之一为主。③ 同样，西摩·查特曼在《术语评论：小说与电影中的叙事修辞》中也为基于本文类型的文本思考作了辩护，把它界定为"可以由不同的表现形式加以实现的基础（或压倒性）结构"④。为达到他的论证目的，查特曼聚焦于三种这样的结构：**叙述**（NARRATIVE）（他用大

---

① 在我的定义与区分方面（尽管在术语方面不然），我特别受益于弗卢德尼克（1996）；赫尔曼（2002）；雷伊（1991；1992；2005）。我也同样依赖于我自己的著作（1982；1999；2005）。

② 布雷蒙（1964：4）。

③ 参见亚达姆（1999：9-10）。

④ 查特曼（1990：10-11）。

写字母,并将其与"一个叙事"严格区分)、**描写**(DESCRIPTION)、**论证**(ARGUMENT)①。他指出它们可以并存于同一文本中。他还指出了每一个是如何服务于其他两个的。例如,在拉·方丹的《太阳和北风》中,**叙述**服务于**论证**,而在《尤利西斯》的"伊萨卡"片段中则颠倒过来。②的确,在诸叙事中,不仅存在着叙事(还有喜剧效果、动人形象、心理学洞察、哲学发展),叙事学渴望说明**叙述**(除了其他之外)——在"作为叙事(narrative)"这一意义上来说明那些实体,即用其"叙事特质"来说明诸叙事(narratives)。例如,根据我对于"一个叙事"的定义,事件的现身(或缺席),它们的数目,它们的时间、因果关系或意义链条,在叙事学意义上都是题中应有之义,但喜剧效果或心理学洞察则可能不然。

在关于叙事资格与叙事特质、诸叙事、叙事与叙事性的这种看法与评论的基础上,我们可以提出几个观点。一方面,来看一个对象 A,它满足我的"叙事资格"定义的六个条件中的五条:(1)逻辑上一致;(2)表现;(3)两个;(4)不同时;(5)事件,它们互相预设或包含〔假定最后这一条件(6)是它不符合的〕。那么 A 不是一个叙事,这也同样适用于另一个满足六个条件中的四条的对象 B,或者 C、D、E,依此类推,直至不满足任何一个条件的对象 F。不过,主张 A 可能比 B 更接近于构成一个叙事,当然也就比 C、D、E、F 更加接近于构成一个叙事,这也不是完全没有道理。但事实也许更为复杂。这六个特定条件,也可能不是每一个都有着同等分量及重要性:比方说,如果事件的表现是核心,那么"不同时"就可能比"逻辑上一致"分量更重,而"两个"事件的要求可能比它们每一个分量都重。因而对于一个满足(除核心条件之外的)三个条件的对象,比起满足另外三个条件的对象来说,也就有可能更加接近于构成一个叙事。甚至有可能是:一个满足两个条

---

① 本文所用 narrative 一词,统译为"叙事"。唯查特曼所用该词以大写表示,为显区别,将查特曼意义上的、与描写和论证并列而为三种表达手段的 NARRATIVE 译为"叙述",并以黑体表示(其"描写"、"论证"也同样为黑体)。——译者注
② 参见查特曼(1990:6-21)。

113

件的对象，比起满足三个条件的对象来，更加接近于构成一个叙事。另一方面，如果在不同文本中，文本类型的优势或大或小，那么，不仅有可能是：对于**叙述**来说，在此一文本中占优势而在彼一文本中只占劣势；而且还有可能是：对于**叙述体**（Narrative type）来说，在两个不同文本中都占优势（或劣势），即使在此一文本比在彼一文本中更甚。另外，还可能出现这种情况：由于其在某个给定文本中的强烈优势，一个**准叙述体**（quasi-Narrative type）（比如说，一个可由仅满足六个条件中的五条的文本予以实现的结构）赋予该文本的叙事特征或分量，比起在另一些文本中占明显劣势的**叙述体**所赋予这些文本的，要更大（在某种程度上也就使它更具叙事性）。

我所提及的种种可能性表明各种程度的叙事性的存在，亦即各种程度的叙事资格与叙事特质的存在。有些对象是叙事，有些是准叙事，有些不是叙事。有些叙事比另一些更是叙事的，有些非叙事比另一些更是叙事的，有些非叙事则比叙事更是叙事的。现在，尽管这种种可能性是与必要而明确的界定条件相关的定量因素（所满足条件的数量、所满足的整体分量、**叙述体**在一个文本组织中的相对分量等）的一种功能，某些可能性（也）可能是另一定性的而不是定量的、与任意的或界定不明确的要素相关（恰如其与必要的而界定明确的要素相关一样）的因素的功能。这些定性因素，重要程度不同地突出了特定文本的叙事个性、潜隐其下的一个**叙述**结构的本质或其重要性、某些结构成分的本质及其重要性，或者后者的某些属性的本质及其重要性，它们比任何严格限定性的原因更有效地影响到那一文本的叙事性（的程度）。否则，这些定性因素就源于这样一个事实：不满足任何文本都必需的这一或那一界定条件的某些文本因素，清晰程度不一地倾向于满足之。换句话说，一个文本的叙事性不完全等同于其叙事资格与叙事特质：它更广泛地依赖于使文本更直接（或更不直接）被确认为（一个）叙事的那些东西。

文本诸种定性因素之一，就是对所描绘事件的肯定，因为（诸）叙事是（诸）事件的表现，而不是单纯的可能性或其否定性的表现。（诸）叙事均存在于确定性当中：这一件事发生了，然后是那一件；这一件事发生了，是因为那一件；这一件事发生了，它与另一件事联系起来。尽管它们不需要预先防止踌躇、推测或否定——事实上，这些因素能够产生悬念，或作为客观性的符号，或强调实际所发生之事的性质——又尽管至少是在文字表现形式中它们宜于用疑问句、推测句或否定句，但（诸）叙事都可以消灭持久的犹豫与无知的效果。另一因素必须对付不同时事件的分离性，因为获得这种分离性越多，不同时性所得到的强调就越大。例如，"她吃了饭，然后她上床睡觉"与"她在吃饭后上床睡觉"的对立，或者"她得到一百万美元，然后她失去了它"与"她失去了她所拥有的一百万美元"的对立。另外，如上所示，在特定文本中，界定性要素可以不予呈现，而是由某种多少近乎其所"可能是"的东西来表现。因此，即便像"天上下雨、冰雹和雪"或者"下雨，下雨，还是下雨"这样的文本片段并不完全是"不同时事件之呈现"，却也与"不同时事件之呈现"相去不远。当然，这些性质因素——一如数量因素那样——的重要性程度并不等同。而且当然，它们在不同文本组织中的效果也各不相同。

正如各种各样的文本因素（性质的与数量的、必要的与随意的、在故事层面运行的与在叙述层面运行的）使得某些对象比另一些对象更加接近叙事，或者比另一些更加称得上是典型的叙事或更像叙事，各种各样的文本因素使得某些对象更易于作为（诸）叙事来看待或处理。例如，"她很富有，而后来，她染上扑克嗜好，后来她失去所有的钱"这样一个文本，可以作为对"请给我讲一个关于她的故事"的反应，也可以作为对"请举一个包含三个连词的英语句子的实例"的反应。①

语境（无疑和文本一起）也影响到各种各样的对象的作为叙事的资格的效度、它们的叙事价值（不同于其叙事的身份、特点或者说其叙事性），这一点以其可报告性或可讲说性〔或者用我的话，称之为**可叙述性**（narratability）〕为特征；语境——与文本一起——也有助于回

---

① 对于影响叙事性（的近似种类）的各种要素，已经有过多次有趣的讨论。例如，参见考斯特（1989：52 - 72），赫尔曼（2002：85 - 113），雷伊（1991：48 - 174），施密德（2003）。

故事的语法

答诸如"是什么使得一个叙事值得创造?"或"是什么使得某对象成为一个成功的、感人的、有价值的叙事?"之类的问题。威廉·拉波夫(William Labov)在关于某叙事的"主旨"(point)——它是叙事所以被创造出来的原因,也是叙事意指的基本目标——的经典讨论中强调:"无主旨的故事(在英语中)会遭遇'那有什么?'这样的毁灭性反应。每个优秀的叙述者都不断地对此加以防范:当他的叙述结束了,对于旁观者来说,应该不会想到去问一句'那有什么?'取而代之的那一合适提问应是'他这么做?'或者指示叙事中事件的可报告性的其他类似说法。"[1] 因而至少在一定范围内就会经常出现下列情况:一个叙事存在的理由及其重要性、意义及价值,是由所谓"评价性手段"(evaluative devices)所标志或暗示的。这样,此一人物或彼一人物的反应,可以强调所表现情境的奇异性质,某些事件的重复可以突出它们的价值,"否定叙述因素"(disnarrated elements)——明确提及未曾发生,但又可能发生的事件——的运用可以强调已然发生的事件的性质,而叙述者评论可以直接说出叙事的主旨。[2] 另外,可能某些题目与主题有着内在的趣味,也正是这趣味的纯粹叙事展开,使得一个叙事值得进行。有一个关于成功叙事的性别主义法语配方,融合了神秘、宗教、性及贵族等成分:"上帝呀!侯爵夫人说,我怀孕了,是谁干的?"[3] 还有一个旧《读者文摘》提出的配方,它强调——与性及宗教一起——的个人经验,以及旅行、金钱与动物王国:"我如何在阿尔卑斯山上和一只富有的熊做爱时看到了上帝。"此外,任何叙事都把不同的事件聚合到一起,并把它们以时间逻辑方式串联起来,也许正是这一事实,总是在时间的布局与运转上投下一些亮光,从而形成一个主旨。不过正如拉波夫明确指出的(以及我个人的经验),完全存在着一些精心建构的叙事(满足叙事资格的所有条件),它们描绘和说明状态的变化并将其汇合进相关联的

---

[1] 拉波夫(1972:366)。
[2] 关于"否定叙述"(disnarrated),参见普林斯(1988)。
[3] 这是马格利特·博登的英语译文,原文为"Mon Dieu, dit la Marquise, je suis enceinte et ne sais pas de qui"(博登,1977:299),转引自雷伊(1991:154)。

各部分构成的序列中,但它们仍然欢迎"那有什么?"而不是"他这么做?"的疑问。另外,像性与神秘这样的重要题材与主题,既不专属于作为非叙事(non-narratives)之对立面的叙事(narratives),也不是它们的特征,而且它们并非总是在巴黎与在费城同等有效地运作。反过来说,也许任何题材与主题——即便是地方性的或意义不大的——都不仅构成一个叙事的潜在材料〔也就是说,它可被叙述化(narrativizable)〕,而且能够在叙事这一意义上感人〔也就是说,它是可叙述的(narratable)〕。也许任何一组事件——即便是不重要的或琐屑的——都不仅容许叙述化(narrativization),而且能够被赋予可叙述性(narratability)。无论如何,那都是很多小说所努力显示的;而我,只为一条:发现任何与我有关的叙事都是有趣的。至于评价性手段,它们可能不总被证明十分恰当或有说服力。毕竟,宣称那些事件(序列)罕见、非凡、稀奇、不幸,并不足以使它们真的如此。简言之,就算可叙述性经常依赖于严格的文本因素——例如所叙述事件及其组合的性质(或者,在叙述层面上,所选择的聚焦、所采取的速度、所采用的呈现顺序的性质)——它也总是依赖于语境因素。有时,某(空间)时间因素会被证明特别有意义:"拿破仑死了"这句话在1821年的法国和2005年的英国就有不同的功能。有时候,真伪状况扮演着重要角色,正如马里-劳力·雷伊所解释的:"非凡事件在现实叙事中比起在虚构叙事中更为有效,因为它们太容易被捏造。"① 还有时,表现的媒介与环境十分重要。因此,同一叙事的两个不同稿本可能处于不同的剥蚀程度;或者,某故事转化为广播,在楼顶比在地下室听起来更强劲;或者,某叙事图画在早晨的光线下比在夜晚光线下更清晰。可叙述性常常是,甚至总是接受者的一种功能。正如玛丽·路易斯·普拉特指出的那样,像"比尔今天去了银行"之类,假如人们已知比尔是一个总是不相信银行的吝啬鬼,那它就是可叙述的,但假如他不是这样,那它的新闻价值就小得多。② 更一般地说,不同的人(或者同一个人在不同情况下)可以对同一个故

---

① 雷伊(2005:590)。
② 参见普拉特(1977:135)。

事发出"那有什么?"或"他这么做?"的疑问。我可能听过这个或那个故事一百遍,也可能一遍都没听过;我可能渴望再听一遍,也可能根本不想;我可能想知道发生了什么、为什么发生,而你却可能不想;我可能找到了关于所发生的富有魅力的事件的解释,而你却可能不予赞同。

请注意,当然还有很多其他一些可叙述性的语境因素需要考虑(语境是无穷尽的,尽管许多文本将所讲述的内容语境化了,但永远不会彻底)。例如,对于给定的叙事,存在一个实际的发送者,作为其作者、其叙述者或者该叙事的这一或那一表演者的对立面。试想某人寄给我一个叙事,它是由 X 书写的,它有一个叙述者 Y,又由 Z 大声朗读给我听。发送者的身份会大大影响到我对于该叙事的反应。或者,聚焦于作者身上,试想 X 的名声很响,这又可以影响我的评价。同样请注意,某对象的叙事价值不等于其总体价值。例如,无论萨特的《恶心》有多大吸引力,它至少有一部分不是叙事,而是哲学。

毫无疑问,我们可以对叙事学达到更进一步的恰当辨识,同样毫无疑问,我们也可以从叙事学角度发现和探索进一步的相关领域。本文虽然简短,却不仅讨论了叙事的特点、形式与功能等基本问题,而且它也引出了其他一些值得探讨的(叙事学)问题。例如:影响叙事性的诸因素之本质、分量及相互关系,特定表现媒介与叙事性(或可叙述性)之间的关系,控制叙事性的能力的获得,与不同群体(或不同文类)所用的可叙述性有关的各种不同因素,等等。事实上,关于对象及其背景内容(文本及语境内容)的系统研究,有利于识别其作为(一个)叙事的身份,激发我们唤起某些坐标方格以使它获得该种身份,并影响到这样一种吁请的价值——这种吁请能够阐明叙事符号的特征与独异性、诸叙事与叙事诸因素的意义及有意义性。

参考文献

让-米切尔·亚达姆

  1999 《叙事》,第 2 版(1984 年第 1 版),"我知道什么"丛书(巴黎:法国大学出版社)。

米克·巴尔

  1997 《叙事学：叙述理论导论》，第2版（1985年第1版）（多伦多：多伦多大学出版社）。

罗兰·巴尔特

  1975 ［1966］《叙事作品结构分析导论》，见《新文学史》6：237-262。

马格利特·博登

  1977 《人工智能与自然人》（纽约：基本丛书）。

克洛德·布雷蒙

  1964 《叙事信息》，载《交流》4：4-32。

西摩·查特曼

  1990 《术语评论：小说与电影中的叙事修辞》（伊萨卡、伦敦：康奈尔大学出版社）。

戴迪尔·考斯特

  1989 《作为交流的叙事》，伍拉德·高德兹克序，见《文学的理论与历史》64（明尼阿波利斯：明尼苏达大学出版社）。

莫妮卡·弗卢德尼克

  1996 《走向"自然的"叙事学》（伦敦、纽约：劳特利奇）。

热拉尔·热奈特

  1980 ［1972］《叙事话语：方法论文》，简·E·莱文英译，乔纳森·卡勒序（伊萨卡：牛津大学出版社）。

沃特尔·格伦兹维格/安德赖斯·苏尔巴赫（主编）

  1999 《越界：语境中的叙事学》（图宾根：君特·纳尔）。

戴卫·赫尔曼

  2002 《故事逻辑：叙事学的问题与可能性》，"叙事学前沿"丛书（林肯、伦敦：内布拉斯加大学出版社）。

戴卫·赫尔曼/曼弗莱德·詹恩/马里-劳力·雷伊（主编）

  2005 《劳特利奇叙事理论百科全书》（伦敦、纽约：劳特利奇）。

佛提斯·詹尼迪斯

  2003 《叙事学与叙事》，见《何为叙事学？关于一门理论之地位的问题与答

_119

故事的语法

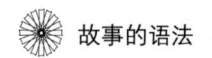

案》,汤姆·肯德特和汉斯-哈拉尔德·缪勒主编,"叙事学"1:35-54(柏林、纽约:沃尔特·德·古意特出版社,2003)。

汤姆·肯德特/汉斯-哈拉尔德·缪勒(主编)

  2003 《何为叙事学?关于一门理论之地位的问题与答案》,"叙事学"1:35-54(柏林、纽约:沃尔特·德·古意特出版社,2003)。

威廉·拉波夫

  1972 《城市中心的语言》(费城:宾夕法尼亚大学出版社)。

玛丽·路易斯·普拉特

  1977 《走向文学话语的言语行为理论》(布鲁明顿:印第安纳大学出版社)。

杰拉德·普林斯

  1982 《叙事学:叙事的功能与形式》:108(柏林、纽约、阿姆斯特丹:莫顿)。

  1988 《"否定叙述"》,载《文体》22:1-8。

  1999 《再论叙事性》,见《越界:语境中的叙事学》,沃特尔·格伦兹维格与安德赖斯·苏尔巴赫主编:43-51(图宾根:君特·纳尔)。

  2005 《叙事性》,见《劳特利奇叙事理论百科全书》,戴卫·赫尔曼、曼弗莱德·詹恩和马里-劳力·雷伊主编:387-388(伦敦、纽约:劳特利奇)。

弗兰西斯·里瓦兹

  1997 《文本行动》,文本研究丛书1(梅斯:梅斯大学出版社)。

保罗·利科尔

  1984 [1983]《时间与叙事》卷1,凯思林·布莱梅和戴卫·派勒译(芝加哥、伦敦:芝加哥大学出版社)。

马里-劳力·雷伊

  1991 《可能世界·人工智能与叙事理论》(布鲁明顿、印第安纳波利斯:印第安纳大学出版社)。

  1992 《叙事程式及其视觉隐喻》,载《文体》26:368-387。

  2005 《可讲述性》,见《劳特利奇叙事理论百科全书》,戴卫·赫尔曼、曼弗莱德·詹恩和马里-劳力·雷伊主编:589-591(伦敦、纽约:劳特利奇)。

伍尔夫·施密德

  2003 《叙事性与事件性》,见《何为叙事学?关于一门理论之地位的问题与答案》,汤姆·肯德特和汉斯-哈拉尔德·缪勒主编,"叙事学"1:17-33(柏林、纽约：沃尔特·德·古意特出版社，2003）。

原载《叙事性理论化》(*Theorizing Narrativity*)，约翰·皮埃尔、何塞·安戈尔·加西亚·兰达（John Pier & José Ángel García Landa）主编，柏林，沃尔特·德·古意特出版社（Walter de Gruyter），2008

"经典叙事学"和/或"后经典叙事学"

"后经典叙事学"这一范畴（如果不说它是"标签"的话），以及经典/后经典的区分，是1997年戴卫·赫尔曼在一篇题为《脚本、序列和故事：后经典叙事学诸要素》的文章中第一次明确讨论到的。两年以后，在赫尔曼主编的文集《诸叙事学：叙事分析的新角度》的导论中，这位叙事学家强调了集纳于文章中的、他所提出并强调过的后经典性质。2005年，莫妮卡·弗卢德尼克在其《叙事理论的历史（II）：从结构主义到现在》中接受了这一区分，当然她有所调整。她在书中勾勒了叙事学研究的发展简史，并简要概括了晚近叙事学的某些趋势。因而，由赫尔曼提出的这对区别，看来在不到10年的时间里就强势获得了主流（"历史的"）地位。①

在其所谓经典层面上，叙事学可以被看作一种由科学促生、受结构主义启发而成的叙事理论，它考察各种叙事所共同具有的，也考察是什么使它们彼此在叙事的意义上区分开来。它通过其对叙事语言（langue）而非对叙事言语（paroles）的兴趣，对何物使得某叙事有意义、而不是对该叙事的意义何在的兴趣，回指向索绪尔语言学。它尤其在20世纪60年代和70年代大获成功，囊括了法国或法语界奠基者中最著名的代表——罗兰·巴尔特（以及《叙事作品结构分析导论》这篇名副其实的宣言），以及托多罗夫［正是他创造了"叙事学"（narratolo-

---

① 参见［美］戴卫·赫尔曼：《脚本、序列和故事：后经典叙事学诸要素》，载《美国现代语言学协会会刊》，112（1997）：1046-59；戴卫·赫尔曼主编：《诸叙事学：叙事分析的新角度》，哥伦布，俄亥俄州立大学出版社，1999；［美］莫妮卡·弗卢德尼克：《叙事理论的历史（II）：从结构主义到现在》，见詹姆斯·费伦与彼得·拉比诺维茨主编：《当代叙事理论指南》，牛津，布莱克威尔出版社，2005。另参见莫妮卡·弗卢德尼克：《超越叙事学中的结构主义：叙事理论的当代发展与新视野》，载《英语语言文学研究》（*Anglistik*），11（2000）：83-96；［德］安斯加·钮宁和维拉·钮宁：《从结构主义叙事学到后经典叙事理论：方法概述及其趋势》，见安斯加·钮宁和维拉·钮宁主编：《叙事理论新方法》，特里尔，特里尔学院出版社，2002，1-33。

中译本附录：普林斯叙事理论近作三篇

gie）这一术语并在《〈十日谈〉的语法》中将其界定为"叙事的科学"[1]、热拉尔·热奈特（他也许是所有叙事学家中最有影响的）、A. J. 格雷马斯（及巴黎符号学派）、克洛德·布雷蒙（及其《叙述的逻辑》）等奠基者，米克·巴尔或西摩·查特曼等重要继承者，韦恩·布斯或弗兰兹·斯坦泽尔等远亲，还有（俄国的、詹姆斯主义的、美国的）形式主义或准形式主义的先贤们。事实上，经典叙事学本身就以形式主义为特征。它从概念上区分为内容（Gehalt）与形式（Gestalt）、要素（matter）与方式（manner），或者用叶尔姆斯列夫的术语说，材料（substance）与形式（form）。它用被叙述内容的形式（而不是材料）与叙述表达，来确定作为非叙事（non-narrative）之对立面的叙事（narrative）的特异性。它主张形式上的不同能够清晰地说明不同叙事文本在叙事上的区别。它把所有可能的叙事而且仅仅是可能的叙事视为自己的领地，共时性地而不是历时性地看待它们，而且首要地（甚至全部地）专注于技巧与诗学问题，而不是作者倾向、接受者反应或者上下文语境与功能问题。此外，在如何看待一组有限、不变的因素之不同结合导致无限变化性的叙事形式，以及在精心锤炼一个形式系统以描述这些要素的结合方面，它也是形式主义的。

后经典叙事学不怎么说法国方言[2]，根据赫尔曼的看法，它早在20世纪80年代就开始有所作为了，显现出不同的面貌。顾名思义，而且也正如赫尔曼本人强调过的，它并不是对经典叙事学的否定或抛弃，而是一种延伸，一种拓展，一种扩大，一种提炼。后经典叙事学把经典叙事学作为一个决定性的阶段或成分包括在自身之内，对它们加以再思考和再语境化，揭示其限制但利用其可能性，保留其基础，重估其能力，制定某项事业的新版本，这一事业曾经也是新的。后经典叙事学追问

---

[1] ［法］茨维坦·托多罗夫：《〈十日谈〉的语法》，海牙，莫顿，1970，10。
[2] 不过仍有下列著作可参见：拉斐尔·巴罗尼：《叙事的张力：悬念、好奇与惊异》，巴黎，瑟伊，2007；文森特·约弗：《小说中人称的作用》，巴黎，RUF，1992；弗兰西斯·拉沃凯特主编：《小说的用途和理论》，雷恩，雷恩大学出版社，2004；阿雷·拉巴泰尔：《文本建构的视点》，洛桑及巴黎，互动出版社，1998；弗兰西斯·里瓦兹：《文本行动》，巴黎，科林斯克西克出版社，1997；让-马里·斯切弗尔：《何为小说？》，巴黎，瑟伊，1999。

123

的，是经典叙事学曾追问过的问题：什么是作为（一个）非叙事之对立面的（一个）叙事？什么是可能类型的叙事？什么使叙事性增加或减少？什么影响其本质与程度？或者，甚至问：什么使得一个叙事成为可叙述的？但后经典叙事学也追问别的问题：关于叙事结构与符号形式之间的关系，关于其与现实世界知识之间的互动，关于叙事的功能（function）而不限于功能过程（functioning），关于此一或彼一特定叙事意义何在，而又不限于关于所有的叙事且仅仅是叙事之如何有意义，关于作为过程与生产而不只是产品的叙事，关于语境与表达方式对于接受者反应的影响，关于作为叙事的潜在系统的对立面的叙事的历史，等等。

对于一些最热心的倡导者来说，甚至仿佛没有什么问题——叙事文本或其很多语境中没有任何东西——是和后经典叙事学不相合的。事实上，赫尔曼在其《诸叙事学：叙事分析的新角度》导论中写道：

> 请注意，我是在相当宽泛的意义上使用"**叙事学**"（narratology）一词的，它大体上可以与**叙事研究**（narrative studies）相替换。这种宽泛的用法反映了叙事学本身的演变——本书的目的就是记载这一进程。**叙事学**不再专指结构主义文学理论的一个分支，它现在可以指任何根据一定原则对文学、史籍、谈话以及电影等叙事形式进行研究的方法。（27）

为了回答它提出的所有问题，后经典叙事学使用了极为多样、而且常常是很新的手段：不再是结构主义语言学，而是计算语言学、会话分析、社会语言学、心理语言学；不仅是语言学，而且是文本及认知科学所提供的所有资源。如上所示，它引用丰富而多变的资料：当然有传统的"杰作"，而且也有不那么典范的或者更具颠覆性的文本，非虚构和非文学的故事，"自然的"或本能的口头叙事，电影故事，而且还有戏剧的、绘画的、音乐的故事，同样还有任意数量的似乎较少叙事性的材料，如经济学、医药学或物理学的。它本身是复数的，正如上文赫尔曼文集的标题所显示的，以及为表示其多样化表现这一特征而频繁使用的复合式或连字符连接式表达（女性主义叙事学、后现代叙事学、后殖民叙事学、种族叙事学、社会叙事学、心理叙事学）所显示的。它关注所有的方向，描绘所有的变音。目前不仅有叙事学的对话性变奏，也有现象学变奏；有亚里士多德主义方法，也有"转义"（tropological）的或解构主义的方法；有认知主义变体，也有构成主义变体、历史学的和人类学的观点、女性主义观点、怪异推测、后殖民诘问，以及肉身探索。[①]

后经典叙事学也不是反形式主义的。事实上，它对形式很感兴趣，其界定能力，其系统考察，以及——这一点超过其经典叙事学，后者只专注于作为诸叙事（narratives）之对立面的叙事（narrative）——瞄准于特定文本的形式方面更加精确的描述，并强调此类描述的（潜在的）解释学价值。但它欣然承认一部作品的形式并不能为该作品的阐释与估价提供任何必要的东西。它假定，一个叙事文本，至少其某些非形式方面可以为该文本的叙事特殊性做出贡献。它认识到形式主义的成就在某种程度上经常有赖于对历史语境的熟悉。它不是排他主义、帝国主义、自治主义的。此外，尽管它尽最大可能精确地描述叙事性、（诸）叙事及其差异，但它并不梦想着赋予其解释以语法模型。

换言之，比起其经典前驱来，后经典叙事学是这样的，或者说它喜欢这样：少些形式主义，多些开放性，更具探索性和跨学科性，更善于接受其周边流行的批评—理论，更包容（将诗学与解释、叙事理论与叙事学的批评熔于一炉——经典叙事学是努力将它们各自分开的——并考虑到经典叙事学竭力不去考虑的所有种类的主题），同时又更"谦逊"（不那么确信其自我能力），也更功利主义，更经验主义甚至是更实验主义，更加混杂，其对语境及历史的分类对于很多人来说还是保守的，当然在政治上更正确。

经典立场被后经典态度渐次取代，后者的递增式优势，可以以多种方式加以解释。由形式—结构主义产生的激情难以维持。陶醉之后是冷静，大梦过后是清醒；巴尔特的《叙事作品结构分析导论》、格雷马斯

[①] 例如，可参见戴卫·赫尔曼：《故事逻辑：叙事的问题及可能性》，林肯，内布拉斯加大学出版社，2002；凯西·梅泽伊主编：《模糊话语：女性主义叙事学与英国女作家》，教堂山，卡罗莱纳大学出版社，1995；汤姆·肯德特、汉斯-哈拉尔德·缪勒主编：《何为叙事学？关于一门理论之地位的问题与答案》，柏林、纽约，沃尔特·德·古意特出版社，2003；费伦与拉比诺维茨主编：《指南》。

的《符号结构》、托多罗夫的语法、布雷蒙的逻辑、热奈特娴熟的《叙事话语》之后,则是疲累和怀疑。如果说在叙事话语的领域——在一门由于热奈特的影响而几乎堪称热奈特主义的叙事学中——确实取得了辉煌成功,那么在故事的领域和叙述内容的领域,成果则还不那么明确。存在这样一种现实:故事结构与文本形式之间的距离不易跨过,叙事句法很可能没有叙事语义或语用那么重要。《叙事话语》就是一个典型范式(用托马斯·库恩这一术语的原意)。甚至热奈特式的模式似乎无需哪怕一点点改善,一点点打磨,尤其在法国,它迅速成为教科书的材料。另一方面,尽管有托多罗夫、格雷马斯与布雷蒙等人做出的无可争辩的贡献,但关于叙述内容的著作还不能真正成为范式。它们激起很多怀疑、很多反抗,甚至叙事语法[①](例如我所设计的那种)也似乎被认为是小题大做。另外,人类科学(在其为"人"的意义上)——科学自身节节胜利的语境下的人文学,对"非学科"表示出与对"学科"同样多甚至更多的兴趣。它们被证明是浪漫而急躁的,怀疑宏大叙事与其他基本真理,迷恋于地方性的、特殊的、个别的叙事,迷恋于风格而不是语法,迷恋于区别而不是共性。矛盾的是,叙事学转向早在20世纪六七十年代就伴随着语言学转向,它不仅是叙事学及分析工具,也是为一切种类的文本、对象、事件、智力探险和科学领域提供的参考点与日俱增的影响力的征兆;叙事转向还是威胁该学科的衰落的征兆。当它鼓励使用"故事"(story)这个术语以代替其他术语的时候(有人以"故事"意指"论证"或"解释",有人偏用它指"假说"或"理论",有人用它代替"意识形态",有人用它代替"信息"),它刺激了对于叙事学的"科学主义"的质疑与抵制:毕竟,也许"关于叙事的科学"本身恰恰是另一个故事。如果你不能打败它,那就加入它。被迫把它的雄心抱负抛在脑后,否则就被谴责为天真和回避科学主义。通过对结构主义的批评——至少在美国,这迅速被命名为后结构主义——并通过对历史、

---

① [美]杰拉德·普林斯:《故事的语法》,海牙,莫顿,1973;《叙事语法面面观》,载《今日诗学》,1.3 (1980):49-63;及《叙事学:叙事的形式与功能》,柏林,莫顿,1982,79-102。

中译本附录：普林斯叙事理论近作三篇

文本、批评的富有弹性的利用，找到自己的位置，害怕被日益敏感于种族、阶级、性别、性之转折及影响的学科与亚学科所抛弃和忽视，叙事学在不抛弃其大部分问题与财富的同时试图融合并证明自己更为大胆、更少幼稚。于是它变成了后经典叙事学。

但这些解释可能过于粗糙，这个故事可能过于戏剧化。也许，如上面所暗示的，从经典到后经典叙事学的变化，并不那么激进。也许，它并不是革命，而是一种正常的状态、可预料的发展。也许经典叙事学向来就已经是后经典的，正如结构主义一直就已经是后结构主义的、现代主义一直就已经是后现代主义的。也许即使连最严格、最不妥协的形式主义也并非没有一点开放性和灵活性。[①] 我们应该牢记，从一开始，叙事学的历史（像它的史前一样）就不光打上了来自各方面启发的烙印——语言学的、人类学的、修辞学的、哲学的——而且打上了争论、抗辩和转化的烙印：列维-斯特劳斯斥责普罗普，格雷马斯和布雷蒙又彻底地修正了他，梵·迪克重塑了托多罗夫——关于该学科的性质与对象，很多实践者的意见都不统一。[②] 另外，很多研究区域经常要应付与各种新技术或与其取得联系的新领域之间不可预料的和强烈的互动。例如对于叙事学来说，我们应当提到关于图式、脚本、计划的人工智能工作，以及对于语境与"百科全书"的合成式兴趣等。我们还应注意言语行为理论的工作，以及因之而起的对于语用学的关注。

又也许，由后经典叙事学所导致的变化，其意义最终不像人们所想的那样重要。毕竟，威廉·O·亨德里克斯 40 年前就强调了按规则联系叙事的深层结构与浅层表现的困难，以及解决这一问题的重要性。詹姆斯·邦德、侦探小说、滑稽漫画，都未被经典叙事学家遗忘，他们也都不是以读者的身份来研究这些的。在马里-劳力·雷伊和乌里·玛戈琳潜在性（virtuality）的决定性著作之前，布雷蒙就曾讨论过这个话

[①] 关于这个话题，参见马约里·莱文森：《何为新形式主义？》，载《美国现代语言学协会会刊》，122（2007）：558-69。

[②] 参见［美］杰拉德·普林斯：《叙事学综述》，见肯德特与缪勒编：《何为叙事学》，1-16。

故事的语法

题。到20世纪70年代末为止，威廉·拉波夫对"自然叙事"所作的社会语言学分析已经被证明对叙事学是有影响的，不同程度的叙事性的实效维度已经被精确地说出。① 戴卫·赫尔曼（《诸叙事学：叙事分析的新角度》，28-29）赞同地引用巴巴拉·赫恩斯坦和阿卡迪·普洛特尼茨基以强化这一观点：

> 后经典的不确定性逻辑，也许适用于经典与后经典的对立本身。就这一对立而言，也不是截然分明的，无论是理论的对立还是历史的对立……在什么是经典的与什么是后经典的之间，有着一种无穷复杂的、有时是不可确定的相互作用。②

但仍然难以忽视所谓后经典对于叙事学知识的质询所做的贡献。最重要的是，难以否认这样的事实：叙事学现在被视为叙事研究的等同物，它在方法论意义上更为多样，更多地瞩目于语境，比过往更多解释学定位，更多地致力于阐释。当我们认识到，对特定语境中的特定文本之考察，能够检验叙事学的范畴、区分、推论的有效性与严密性，能够识别（可能）已被叙事学家们忽略、低估或误解的那些（重要程度不一的）要素，并导致对叙事模型的基本的重新表述，我们可能会对后者③感到遗憾。如果说经典叙事学即便在承认语境的重要性时，仍通过（暂

---

① 参见［法］克洛德·布雷蒙：《叙事可能之逻辑》，载《交流》：No. 8 (1966)：60-76；［美］西摩·查特曼：《故事与话语：小说与电影的叙事结构》，伊萨卡，康奈尔大学出版社，1978，36-41；［意］翁贝托·艾柯：《詹姆斯·邦德：一个组合叙事》，载《交流》，No. 8 (1966)：77-93 及《读者的角色：文本符号学探索》，布鲁明顿，印第安纳大学出版社，1978；威廉·O·亨德里克斯：《符号语言学与语言艺术论集》，海牙，莫顿，1973；［美］威廉·拉波夫：《叙事句法中的经验转换》，见《城市中心语言》，费城，宾夕法尼亚大学出版社，1972，354-96；乌里·玛戈琳：《过去之事、现在之事、将来之事：时态、体式、情态和文学的性质》，见赫尔曼：《诸叙事学：叙事分析的新角度》，142-66；［美］杰拉德·普林斯：《受述者研究概述》，载《诗学》，4 (1973)：178-96 及《叙事学》，145-61；［美］马里-劳力·雷伊：《嵌入叙事与可讲述性》，载《文体》，20 (1986) 及《作为真正现实的叙事：文学与电子媒介的浸润与互动》，巴尔的摩，约翰·霍普金森大学出版社，2001；［法］茨维坦·托多罗夫：《侦探小说类型学》，见《散文诗学》，巴黎，瑟伊，1971，55-65。

② 巴巴拉·赫恩斯坦-史密斯、阿卡迪·普洛特尼茨基：《网络与对称，可确定性与不可确定性：导论》，载《南大西洋季刊》，94 (1995)：386。

③ "后者"指经典叙事学。——译者注

中译本附录：普林斯叙事理论近作三篇

时地）不予考虑、（人为地）限制它、或者使它成为文本的一部分并（不经意地）冲淡它，从而忽略了它，那么后经典叙事学则是：即便承认文本的重要性，也能够通过使它成为语境的一部分而冲淡它。同样，我们可能遗憾于叙述研究中所用方法的不纯一性，因为有时难以综合与不同视界相关的成果。此外，在不同的任务及其所暗含的问题之间作出区分，将使我们能够更好地对所要研究的对象划定界限，更审慎而系统地阐明它。给定一段文本，如"约翰成为欧洲冠军和世界冠军"，我们可以问它表现了几个事件（这是经典问题），也可以问为什么它提到约翰而没提到雅克、玛丽或简（这是后经典问题）。经典叙事学试图把某些问题放在一边。后经典叙事学却也许屈服于追问所有问题的诱惑力。但假如说它有时因此而迷失了对其对象的洞察，那它也经常在增强叙事探索的生机与活力方面有所成功（参见弗卢德尼克《叙事理论的历史》）。应对多种问题、把研究定位于不同的方法（女权的、认知的、后殖民的）下，为叙事考察提供多样化的透视视角，它发现和/或创造了形形色色的叙事要素、程序、技巧和形式。例如，想一下罗宾·沃霍尔关于投入叙述者与距离化叙述者的著作；苏珊·兰瑟对于叙述声音与人称的讨论；戴卫·赫尔曼对多元时间叙述的论述〔涉及和利用了一种时间顺序的多元价值系统，包括像"未确定位置的相对时间坐标点 t"（"indeterminately-situated-vis-à-vis time t"）这样的价值与概念〕，对意识的叙事呈现的、定位于认知的探查，以及对自由直接话语的后殖民转向的观点（它可能产生自一个群体或集团而不是单个的人，从或多或少的同质的"我们"而不是某个"我"）。① 或者在法语成果中想一想拉斐尔·巴罗尼关于叙事张力、弗兰西斯·拉沃凯特关于可能虚构世界、阿雷·拉巴泰尔关于视点、弗兰西斯·里瓦兹关于叙事性、约翰·皮埃尔

---

① 参见［美］戴卫·赫尔曼：《顺序的局限：走向一种多元叙述》，载《叙事》，6 (1998): 72 - 95；苏珊·兰瑟：《走向女性主义叙事学》，载《文体》，20 (1986): 341 - 63 及《可疑的叙事学》，见梅泽尔；《模糊话语》，85 - 94；［美］杰拉德·普林斯：《论后殖民叙事学》，见费伦与拉比诺维茨《指南》，377 - 78；罗宾·沃霍尔：《性别介入：维多利亚时代小说的叙事话语》，新布伦斯维克、伦敦，罗格斯大学出版社，1989；丽萨·詹赛恩：《我们为什么读小说：关于心理与小说的理论》，哥伦布，俄亥俄州立大学出版社，2006。

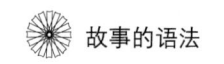

和让-马里·斯切弗尔关于视角越界的讨论①，或者让-马里·斯切弗尔关于虚构之本质的讨论。

如果说，通过利用新的手段、广泛的资料和创造性的转变，后经典叙事学辨识或（重新）检验了叙事的各个方面，并（重新）界定和（重新）形塑了它们，那么它同时也提出了其应承担的多项任务。例如，坚持研究作为语境化定位实践的叙事，表明在对文本功能的叙事学阐释中，结合接受者的"声音"（或其他语境要素）的重要性。例如我们可以确定一些模型，以描述某文本（的一部分）是如何作为重复的或单个的叙事、作为自由间接话语或被叙述化的话语、作为或非同时事件的呈现发挥其功能的，因此也就产生了依赖于接受者的阐释性结论的不同意义。当然，给接受者的声音留出空间，并不意味着关于任意数目的叙事要素的角色与意义的大量问题的终结。为什么接受者对后者②予以不同强调，他们是否敏感于距离或视点方面的转换，他们如何构成不同种类的隐含作者，他们何时赞同一种解释而不是另一种解释，或者什么引导他们区别不同程度的叙事性，这些都是经验主义问题，需要以经验主义为基础加以解决。然而叙事学家们——无论经典的还是后经典的，形式主义的还是非形式主义的——都几乎没有做过广义的经验主义或实验主义（跨文化的或跨媒介的）探索，并且太经常地倾向于在理解和回应普遍正确的陈述方面作出有局部暗示性和富有说服力的论证。毫无疑问，那种探索类型本身，即使在聚焦于严格的形式要素时，也面临大量的困难。发现和设计没有笨拙臃肿这一致命毛病的（实验室）标本不是件容易的事，为程序性策略和解释性反应设计一个完美无缺的评估方案也不是件容易的事。不过，依照玛利萨·波托露丝与彼得·迪克森、威列·梵·皮耶与亨克·潘德·马特、埃尔斯·安德林格或理查德·格里格的

---

① 参见约翰·皮埃尔和让-马里·斯切弗尔：《视角越界：违反契约之表现》，巴黎，高等社会科学研究学报，2005。

② "后者"指"大量问题"。——译者注

例子①，叙事学家们应该努力把他们这一学科建立在实验基础上，以说明事实究竟是怎样的。

　　理论应该认同现实，学科应该与现象一致。恰当的叙事模型应该是现实主义的，也就是说，是建立在经验基础上并经得起检验的。同时它还应该既精确又彻底（解释所有的叙事，且仅解释叙事），也应该描述出叙事能力（生产叙事文本及分析作为叙事的文本的能力）的特征。在托多罗夫、格雷马斯、梵·迪克等人②提出大量令人陶醉的（早期）方案以后，建立模型的冲动似乎已经消退。不过正如戴卫·赫尔曼所说，尽管叙事学发生了变化，但它并没有背弃"其建立最好的描述性与解释性模型之可能这一原初信仰"（《诸叙事学：叙事分析的新角度》，3）。无论叙事学家们采取经典还是后经典立场，也无论他们是致力于说明叙事格栅的性质，还是探索各种要素导致这些格栅变调的方式，无论他们将一切，还是仅将他们所关注的加之于形式之上，这些模型的精致对于学科的自洽与系统地研究其对象都将是至关重要的。换句话说，至少在这个意义上，不管沿着什么方向走，叙事学都应该继续是形式主义的。

　　原载《精神创造者》(*L'Esprit Créateur*) 杂志，2008年第2期

---

① 参见埃尔斯·安德林格：《"叙事距离"对读者的影响：情绪蕴含与反应》，载《诗学》，23（1996）：431-52；玛利萨·波托露丝、彼得·迪克森：《心理叙事学：文学反应的经验研究基础》，剑桥，剑桥大学出版社，2003；理查德·格里格：《体验叙事世界：论阅读中的心理叙事行为》，纽海文，耶鲁大学出版社，1993；威列·梵·皮耶、亨克·潘德·马特：《角度与同情：叙事视点之效果》，见罗格·J·克鲁兹、玛丽·苏·麦克尼丽主编：《艺术与文学的经验方法》，纽约，阿波利克斯，1996。

② 例如，参见特温·A·梵·迪克：《文本语法若干方面：理论语言学与诗学研究》，海牙，莫顿，1972；热拉尔·热奈特：《叙事计算问题》，见 CRLLI，(10)，巴黎，巴黎第十大学，1976；[法] A. J. 格雷马斯：《叙事语法：单元与层面》，载 MLN, 86 (1971)：793-806；托马斯·帕维尔：《高乃依悲剧的叙事句法》，巴黎，科林斯克西克；[法] 茨维坦·托多罗夫：《叙事的语法》，载《语言》，12（1968）：94-102。

译后记

本书引例多出自作者构拟，但仍有不少出自经典叙事作品，中译本都加以简要译注，以便读者参考查证。作者原注和译注均统一编码，以脚注形式给出。凡译注条目，均加"——译者注"字样。在原注条目后附加译注的，译注用"【 】"号括起。

原书后附参考文献，载录了迄本书面世为止的相关著作、论文 30 余家、近 60 种，是一份有学术史意义的文献表单。为读者方便计，该附录全部以中英对照方式给出，对其中已有中译本的，尽量说明中译本信息，不止一种译本的，尽量备举。因有中英对译的文献附录在后，译者对全书原注文献交代部分的处理方式做了变通处理：全部以中文给出，但作者名字和文献名称、文献载体名称、出版地括注原文。希望这些处理能给读者带来方便。

感谢普林斯教授多次答疑、赐寄新作并惠允本书使用。有关资料，多承姜子华师妹从大洋彼岸为我搜寻复制。初稿中诸多图片的制作，端赖东北师范大学文学院牛庆国、杨庆运、徐亮三同学帮助。因应丛书体例要求，校样发出前对全书中外文注释做了一次统一技术性校理，吴寞妍、胡鸿阳、李万里、黄佳蔚、侯百美、郭健玮、黄蕾、赫明雪、齐香

译后记

凝、张晓宇、殷薏琳等同学分担了这一任务。谨向他们致以由衷谢意。

本书篇幅虽不长，但符号复杂繁多，审读较一般图书为难。责任编辑黄超耐心细致的编校处理显得尤为重要。感谢她的勤谨工作。

爱妻屠志芬、小女徐莫迟的支持与期待，是我工作的重要动力。在工作紧张期间，我的父亲徐京发先生、岳父屠景勋先生、岳母李凤玲女士、二姑徐京秀女士先后来到长春帮我料理家务、照顾孩子。感谢亲人们的奉献。

译者水平所限，译文或有各种不足，敬请读者批评指正。

2011 年译竣，历济南—诸城—长春
2013 年 11 月两次校订完毕，长春
2014 年 3 月 16 日撰毕译序、译后记，长春六弦斋

当代世界学术名著·第一批书目

心灵与世界	[美]约翰·麦克道威尔
科学与文化	[美]约瑟夫·阿伽西
从逻辑的观点看	[美]W·V·O·蒯因
自然科学的哲学	[美]卡尔·G·亨普尔
单一的现代性	[美]F·R·詹姆逊
本然的观点	[美]托马斯·内格尔
宗教的意义与终结	[加]威尔弗雷德·坎特韦尔·史密斯
帝国与传播	[加]哈罗德·伊尼斯
传播的偏向	[加]哈罗德·伊尼斯
世界大战中的宣传技巧	[美]哈罗德·D·拉斯韦尔
一个自由而负责的新闻界	[美]新闻自由委员会
机器新娘——工业人的民俗	[加]马歇尔·麦克卢汉
报纸的良知——新闻事业的原则和问题案例讲义	[美]利昂·纳尔逊·弗林特
传播与社会影响	[法]加布里埃尔·塔尔德
模仿律	[法]加布里埃尔·塔尔德
传媒的四种理论	[美]威尔伯·施拉姆 等
传播学简史	[法]阿芒·马特拉 等
受众分析	丹尼斯·麦奎尔
写作的零度	[法]罗兰·巴尔特
符号学原理	[法]罗兰·巴尔特
符号学历险	[法]罗兰·巴尔特
人的自我寻求	[美]罗洛·梅
存在——精神病学和心理学的新方向	[美]罗洛·梅
存在心理学——一种整合的临床观	[美]罗洛·梅
个人形成论——我的心理治疗观	[美]卡尔·R·罗杰斯
当事人中心治疗——实践、运用和理论	[美]卡尔·R·罗杰斯

万物简史	[美]肯·威尔伯
动机与人格(第三版)	[美]亚伯拉罕·马斯洛
历史与意志:毛泽东思想的哲学透视	[美]魏斐德
中国的共产主义与毛泽东的崛起	[美]本杰明·I·史华慈
毛泽东的思想	[美]斯图尔特·R·施拉姆
仪式过程——结构与反结构	维克多·特纳
人类学、发展与后现代挑战	凯蒂·加德纳,大卫·刘易斯
结构人类学	[法]克洛德·列维-斯特劳斯
野性的思维	[法]克洛德·列维-斯特劳斯
面具之道	[法]克洛德·列维-斯特劳斯
嫉妒的制陶女	[法]克洛德·列维-斯特劳斯
社会科学方法论	[德]马克斯·韦伯
无快乐的经济——人类获得满足的心理学	[美]提勃尔·西托夫斯基
不确定状况下的判断:启发式和偏差	[美]丹尼尔·卡尼曼 等
话语和社会心理学——超越态度与行为	[英]乔纳森·波特 等
社会网络分析发展史——一项科学社会学的研究	[美]林顿·C·弗里曼
自由之声——19世纪法国公共知识界大观	[法]米歇尔·维诺克
官僚制内幕	[美]安东尼·唐斯
公共行政的语言——官僚制、现代性和后现代性	[美]戴维·约翰·法默尔
公共行政的精神	[美]乔治·弗雷德里克森
公共行政的合法性——一种话语分析	[美]O·C·麦克斯怀特
后现代公共行政——话语指向	[美]查尔斯·J·福克斯 等
政策悖论:政治决策中的艺术(修订版)	[美]德博拉·斯通
行政法的范围	[新西]迈克尔·塔格特
法国行政法(第五版)	[英]L·赖维乐·布朗,约翰·S·贝尔
宪法解释:文本含义,原初意图与司法审查	[美]基思·E·惠廷顿

英国与美国的公法与民主	[英]保罗·P·克雷格
行政法学的结构性变革	[日]大桥洋一
权利革命之后:重塑规制国	[美]凯斯·R·桑斯坦
规制:法律形式与经济学理论	[英]安东尼·奥格斯
阿蒂亚论事故、赔偿及法律(第六版)	[澳]波得·凯恩
意大利刑法学原理(注评版)	[意]杜里奥·帕多瓦尼
刑法概说(总论)(第三版)	[日]大塚仁
刑法概说(各论)(第三版)	[日]大塚仁
英国刑事诉讼程序(第九版)	[英]约翰·斯普莱克
刑法总论(新版第2版)	[日]大谷实
刑法各论(新版第2版)	[日]大谷实
日本刑法总论	[日]西田典之
日本刑法各论(第三版)	[日]西田典之
美国刑事法院诉讼程序	[美]爱伦·豪切斯泰勒·斯黛丽,南希·弗兰克
现代条约法与实践	[英]安托尼·奥斯特
刑事责任论	[英]维克托·塔德洛斯
刑罚、责任和正义——相关批判	[英]阿伦·洛雷
政治经济学:对经济政策的解释	T.佩尔森,G.塔贝里尼
共同价值拍卖与赢者灾难	约翰·H·凯格尔,丹·莱文
以自由看待发展	阿马蒂亚·森
美国的知识生产与分配	弗里茨·马克卢普
经济学中的经验建模——设定与评价	[英]克莱夫·W·J·格兰杰
产业组织经济学(第五版)	[美]威廉·G·谢泼德,乔安娜·M·谢泼德
经济政策的制定:交易成本政治学的视角	阿维纳什·K·迪克西特
博弈论经典	[美]哈罗德·W·库恩
行为博弈——对策略互动的实验研究	[美]科林·凯莫勒
博弈学习理论	[美]朱·弗登伯格,戴维·K·莱文
利益集团与贸易政策	G·M·格罗斯曼,E.赫尔普曼
市场波动	罗伯特·希勒
零售与分销经济学	罗格·R·贝当古

世界贸易体系经济学	[美]科依勒·贝格威尔, 罗伯特·W·思泰格尔
税收经济学	伯纳德·萨拉尼
经济学是如何忘记历史的:社会科学中的历史特性问题	杰弗里·M·霍奇逊
通货膨胀、失业与货币政策	罗伯特·M·索洛 等
经济增长的决定因素:跨国经验研究	[美]罗伯特·J·巴罗
全球经济中的创新与增长	[美]G·M·格罗斯曼,E·赫尔普曼
美国产业结构(第十版)	[美]沃尔特·亚当斯, 詹姆斯·W·布罗克
制度与行为经济学	[美]阿兰·斯密德
企业文化——企业生活中的礼仪与仪式	特伦斯·E·迪尔 等
组织学习(第二版)	[美]克里斯·阿吉里斯
企业文化与经营业绩	[美]约翰·P·科特 等
系统思考——适于管理者的创造性整体论	[英]迈克尔·C·杰克逊
组织学习、绩效与变革——战略人力资源开发导论	杰里·W·吉雷 等
组织文化诊断与变革	金·S·卡梅隆 等
社会网络与组织	马汀·奇达夫 等
美国会计史	加里·约翰·普雷维茨 等
新企业文化——重获工作场所的活力	特伦斯·E·迪尔 等
文化与组织:心理软件的力量(第二版)	吉尔特·霍夫斯泰德 等
实证会计理论	罗斯·瓦茨 等
组织理论:理性、自然和开放的系统	理查德·斯科特 等
管理思想史(第五版)	丹尼尔·A·雷恩
后《萨班斯—奥克斯利法》时代的公司治理	扎比霍拉哈·瑞扎伊
财务呈报:会计革命	威廉·比弗
当代会计研究:综述与评论	科塔里 等
管理会计研究	克里斯托弗·查普曼 等
会计和审计中的判断与决策	罗伯特·阿斯顿 等
会计经济学	约翰·B·坎宁

A Grammar of Stories: An Introduction by Gerald Prince
Copyright © Walter de Gruyter GmbH & Co, KG, Berlin/Boston 1974
Simplified Chinese version © 2014 by China Renmin University Press
All Rights Reserved.

图书在版编目（CIP）数据

故事的语法/（美）普林斯（Prince, G.）著；徐强译.—北京：中国人民大学出版社，2014.10
（当代世界学术名著）
ISBN 978-7-300-20152-8

Ⅰ.①故… Ⅱ.①普… ②徐… Ⅲ.①故事-语法-文学研究 Ⅳ.①I054

中国版本图书馆 CIP 数据核字（2014）第 239576 号

当代世界学术名著
故事的语法
[美] 杰拉德·普林斯　著
徐　强　译
Gushi de Yufa

出版发行	中国人民大学出版社		
社　　址	北京中关村大街 31 号	邮政编码	100080
电　　话	010-62511242（总编室）	010-62511770（质管部）	
	010-82501766（邮购部）	010-62514148（门市部）	
	010-62515195（发行公司）	010-62515275（盗版举报）	
网　　址	http://www.crup.com.cn		
经　　销	新华书店		
印　　刷	北京东君印刷有限公司		
规　　格	155 mm×235 mm　16 开本	版　次	2015 年 1 月第 1 版
印　　张	10.25　插页 2	印　次	2020 年 5 月第 3 次印刷
字　　数	135 000	定　价	39.80 元

版权所有　侵权必究　　印装差错　负责调换